싯다르타

이 도서의 국립중앙도서관 출판예정도서목록(CIP)은 서지정보유통지원시스템 홈페이지(http://seoji.nl.go.kr)와
국가자료공동목록시스템(http://www.nl.go.kr/kolisnet)에서 이용하실 수 있습니다.
(CIP제어번호: CIP2018040206)

세계문학전집
173

Hermann Hesse : Siddhartha

싯다르타

인도의 시문학

헤르만 헤세 장편소설

권혁준 옮김

문학동네

일러두기

1. 번역 대본으로는 *Siddhartha. Eine indische Dichtung*(Hermann Hesse, Frankfurt am Main, Suhrkamp Verlag, 1998)을 사용했다.
2. 주석은 모두 옮긴이주이다.

차례

제1부

친애하고 존경하는 로맹 롤랑에게[*]

막 들이닥치기 시작한 정신의 호흡곤란 증세를 저 역시 갑자기 느끼게
된 1914년 가을,
우리 두 사람은 국가를 넘어서야 할 필연성에 대한 믿음을 공유하고
낯선 강변의 양쪽에 서서 서로의 손을 맞잡았습니다.
그때 이후 저는 언젠가
당신에게 나의 사랑의 증표와 더불어
나의 행동을 입증해 보이고,
나의 사상세계를 보여드리고 싶다는 소망을 품어왔습니다.
아직 미완성인 '인도의 시문학' 제1부를 당신께 헌정하오니
따스하게 받아주시기 바랍니다.

헤르만 헤세로부터

---

[*] 헤세는 작품이 완성되기 전인 1921년 7월, 문예지 『노이에 룬트샤우』에 실린 제1부를
로맹 롤랑에게 헌정했다.

브라만*의 아들

    집의 그늘진 곳에서, 나룻배들이 떠 있는 강가의 햇살 속에서, 사라수** 숲의 응달에서, 보리수 그늘 아래서, 브라만의 수려한 아들이자 어린 매 같은 싯다르타***는 역시 브라만의 아들인 친구 고빈다****와 함께 자랐다. 강가에서 미역을 감을 때나 성스러운 목욕재계를 할 때, 거룩한 제사를 드릴 때면 싯다르타의 빛나는 어깨는 태양빛에 갈색으로 그을었다. 망고나무숲 속에서 아이들과 놀 때나 어머니가 노래를 부를

---

* 인도 카스트제도에서 가장 높은 계급. 제의를 진행하고 학문을 연구하는 계급이며, 성직자, 학자, 교육자 등의 직업에 종사한다.
** 석가모니가 입적했을 때 사방에 한 쌍씩 서 있었다는 나무.
*** 석가모니의 아명으로, '목적을 달성한 자'라는 뜻이다.
**** 힌두교의 중요한 성전 중 하나인 『바가바드기타』에 등장하는 크리슈나(비슈누의 화신)의 다른 이름.

때, 또 거룩한 제사를 드릴 때나 학자인 아버지의 가르침이 있을 때, 현자들과 대화를 나눌 때면, 싯다르타의 검은 두 눈에는 그늘이 흘러들었다. 이미 오래전부터 싯다르타는 현자들과의 대화에 함께했고, 고빈다와 함께 논쟁술을 연습했으며, 명상하는 법과 침잠하는 법도 익혔다. 그는 이미 가장 신성한 음절인 옴*을 소리 없이 발하는 법을 알았으니, 온 영혼을 하나로 모으고 명료하게 사고하는 정신의 광채로 이마를 에워싼 상태에서, 숨을 들이쉬며 그 음절을 자신의 내부로 소리 없이 발할 수 있었고 또 숨을 내쉴 때는 바깥으로 소리 없이 발할 수 있었다. 그는 이미 자신의 존재 깊은 곳에서 우주와 하나가 된, 불멸의 아트만**을 느끼고 있었다.

싯다르타의 아버지는 영특하고 지식에 목말라하는 아들을 보면 기쁨이 샘솟는 것을 느꼈고, 아들이 장차 위대한 현자이자 사제로, 모든 브라만의 수장으로 자라나리라 생각했다.

싯다르타의 어머니는 아들이 걷거나 앉고 일어서는 것을 보면 가슴으로부터 환희가 샘솟는 것을 느꼈는데, 싯다르타는 건강하고 잘생긴데다 늘씬한 다리로 걸음을 옮기며, 완벽히 예의를 갖추고서 인사를 올리는 아들이었다.

또 싯다르타가 빛나는 이마, 왕의 눈매, 호리호리한 몸으로 도시의 골목골목을 지나갈 때면 브라만의 젊은 딸들은 연모의 정으로 가슴이

---

* 힌두교의 진언 가운데 가장 위대한 것으로 여겨지는 신성한 음절. '완전, 완성'을 뜻하는 말로, 신비적 침잠 상태에서 절대자를 부르는 소리이기도 하다.
** 힌두교의 기본 교의 중 하나. '자기 자신'을 가리키는 말로 개인의 호흡, 영혼, 생명을 뜻한다. 우주의 근본적 원리인 '브라만'과 대비되는 개념으로, 개인에 내재한 인격적 원리이다.

설레는 것을 느꼈다.

그러나 그 누구보다도 싯다르타를 사랑한 사람은 친구이자 브라만의 아들인 고빈다였다. 그는 싯다르타의 눈과 고운 목소리를 사랑했고, 걸음걸이와 완벽한 기품을 갖춘 행동거지를 사랑했고, 싯다르타가 말하고 행하는 모든 것을 사랑했고, 무엇보다도 싯다르타의 정신, 그의 고매하고 정열적인 생각, 강렬한 의지, 드높은 소명감을 사랑했다. 고빈다는 싯다르타가 결코 평범한 브라만이 되지는 않을 것임을, 결코 나태한 제관이나 주문을 외는 탐욕스러운 장사꾼, 명예욕만 가득하고 속이 빈 연설가, 사악하고 교활한 사제가 되지는 않을 것임을, 그뿐만 아니라 무리에 섞여 있는 온순하기만 하고 어리석은 양도 되지 않을 것임을 잘 알고 있었다. 아니, 고빈다 자신도 수없이 많은 고만고만한 브라만은 되고 싶지 않았다. 그는 사랑하는 싯다르타, 이 훌륭한 친구를 따르고자 했다. 그리고 언젠가 싯다르타가 신적인 존재, 빛을 발하는 존재가 되면, 고빈다는 친구이자 동반자, 하인, 창을 드는 자, 그림자로서 그를 따를 생각이었다.

이렇듯 싯다르타는 모두의 사랑을 받았다. 그는 모두에게 기쁨의 원천이었고, 모두에게 즐거움을 주는 존재였다.

그러나 싯다르타는 정작 스스로에게는 기쁨의 원천이 되지 못했고, 자신 안에서는 아무 즐거움도 찾을 수 없었다. 그는 보리수나무 정원의 장밋빛 길을 거닐면서, 푸르른 숲속 그늘에 앉아 명상에 잠기면서, 날마다 속죄의 목욕재계를 하면서, 망고나무숲의 짙은 그늘에서 제사를 드리면서, 예의바르고 품위 있는 행동으로 모든 사람의 사랑을 받고 모든 사람에게 기쁨을 주었지만 정작 자신의 가슴속에서는 조금도 기쁨을 찾아내지 못했다. 온갖 꿈과 끊임없는 생각이 강물로부터 흘러나오고, 밤의 반짝이는 별에서 쏟아져내리고, 태양의 빛에서 녹아내려 그의 마음에 파고들었고, 꿈과 영혼의 불안이 희생 공물의 연기 속에서 피어오르고, 『리그베다』*의 시구로부터 흘러나오고, 연로한 브라만들의 가르침으로부터 넘쳐흘러 그를 엄습했다.

싯다르타의 마음에서 불만의 싹이 자라나기 시작했다. 그는 아버지의 사랑이, 어머니의 사랑이, 그리고 친구 고빈다의 사랑이 결코 자신을 영원히 행복하게 해주지는 못하리라는 것, 그를 채우고 흡족하게 하고 만족시켜주지 못하리라는 것을 느끼기 시작했다. 그는 존경스러운 아버지와 다른 스승들, 그리고 현명한 브라만들이 그들이 가진 지식의 대부분과 그 정수를 그에게 다 전수해주었다는 것, 목말라 기다리는 자신의 그릇에 그들이 가진 모든 것을 이미 다 쏟아부었다는 것을 감지했지만, 그릇은 아직 채워지지 않았고 정신은 만족하지 못했으며 영혼은 안정을 얻지 못했고 마음은 흡족함을 느끼지 못했다. 목욕재계를 하는 것은 좋은 일이었지만, 그것은 그저 물에 불과할 뿐 죄를 씻어내지 못했고 정신의 갈증을 풀어주거나 마음의 불안을 해소해주지 못했다. 신들에게 제사를 드리고 그들을 부르는 것은 훌륭한 일이었다―하지만 그것이 전부란 말인가? 제사를 드리는 일이 행복을 가져다주는가? 그게 신들과 무슨 관련이 있는가? 세계를 창조한 이가 정말 프라야파티**

---

*『베다』는 고대 인도를 기원으로 하는 인도 브라만교 사상의 근본 경전으로, 성스러운 찬가 형태의 종교적·철학적 문헌 전체를 가리킨다.『리그베다』는 그중 가장 오래된 첫째 문헌이며, 인도 사상과 문학의 원천이 되었다.
**『베다』에 나오는, 만물을 창조한 최고신.

일까? 유일자이자 단독자인 아트만이 세계를 창조한 것은 아닐까? 신들도 너와 나처럼 시간에 예속된 존재, 무상한 피조물이 아닐까? 그렇다면 과연 신들에게 제사를 드리는 일이 훌륭하고 올바르고 의미 있고 최상의 가치를 지닌 행위라고 할 수 있을까? 그럼 그분, 유일자인 아트만 외에 대체 어떤 존재에게 제사를 드리고 경배를 올려야 한다는 말인가? 아트만은 어디에서 찾을 수 있는가? 그분은 어디에 있는가? 그분의 영원한 심장이 각자의 자아, 모든 사람의 내면 가장 깊숙한 곳에 있는 불멸의 핵에서 고동치는 것이 아니라면, 대체 어디에서 고동친다는 말인가? 이 자아, 가장 내적인 부분, 가장 궁극적인 부분은 대체 어디에 있는가? 누구보다도 지혜로운 현자들의 가르침에 따르면 그것은 살이나 뼈도 아니고, 사상이나 의식도 아니다. 그렇다면 아트만은 대체 어디, 어디에 있다는 건가? 그곳에, 자아에, 나 자신에, 아트만에 이르는 길―노력을 기울여 탐색할 만한 다른 길이 있다는 말인가? 아, 그런데 누구도 그 길을 보여주지 못했고, 아무도 그 길을 알지 못했다. 아버지도, 스승이나 현자도, 그리고 제물을 올릴 때 부르는 거룩한 노래들도 그것을 알지 못했다! 그들, 즉 브라만들과 그들의 거룩한 경전들은 세상만사를 알고 있었다. 그들은 온갖 것을 알고, 모든 것에 관심을 기울였다. 그리고 그 모든 것에 더해 세계의 창조, 말과 음식의 기원, 들숨과 날숨의 생성, 감각의 체계, 신들의 행적 등 그야말로 무수한 것을 알고 있었다. 하지만 만약 유일자, 가장 중요한 존재, 유일무이하게 중요한 존재를 알지 못한다면, 그 모든 것을 안다는 것이 과연 가치가 있을까?

물론, 여러 성스러운 경전에 나오는 많은 시구, 특히 『사마베다』의 『우파니샤드』에 나오는 장엄한 시구들은 가장 심오하고 궁극적인 그것에 대해 이야기한다. 거기에는 "네 영혼이 온 세계이니라"라고 적혀 있고, 또 인간은 잠을 잘 때, 깊이 잠들어 있을 때 자신의 가장 깊은 내면에까지 침잠할 수 있으며 아트만 속에 살 수 있다고 쓰여 있다. 그 시구들에는 경탄을 금치 못할 지혜가 담겨 있고, 또 지혜로운 현인들의 온갖 지식이 마법의 언어로, 꿀벌이 모은 꿀처럼 순수하게 모여 있다. 그렇다, 지혜로운 브라만들이 무수히 많은 세대에 걸쳐 모으고 보존해온 이 어마어마한 분량의 깨달음은 결코 가벼이 여길 수 없는 것이다. 그러나 이러한 심오한 지식을 단순히 아는 데 그치지 않고 삶에서 실천한 브라만이, 승려나 현인이나 참회자가 과연 있었던가? 아트만 속에 잠들어 있는 것을 마법으로 깨워 의식으로, 실제 삶으로, 조금씩 말과 행동으로 구현시킨 전도자가 과연 있었던가? 싯다르타는 존경할 만한 브라만을 많이 알고 있었고, 그중에서도 그의 아버지는 어느 누구보다 순수한 사람이자 학식을 갖춘 사람, 가장 존경할 만한 인물이었다. 아버지는 경탄을 자아내는 분이었는데, 행동은 조용하고 고결했고, 삶은 순결했으며, 말은 지혜로웠고, 머릿속에는 숭고하고 고상한 생각이 깃들어 있는 분이었다. 하지만 그렇게 많은 것을 아는 아버지라 한들 과연 참된 행복 속에 살며 진정한 마음의 평화를 얻었던가? 아버지 역시 구도자, 갈구하는 사람에 불과한 것이 아닐까? 그 역시 목마른 자로서 늘 성스러운 샘에서 목을 축이고, 제물을 올리고, 경전을 뒤적이고, 브라만들과 대화를 나눠야 했던 것이 아닐까? 아무 흠결이 없는 아버지가 왜 날마다 죄업을 씻고, 날마다 정결의식을 행하고, 날마다 같은 일을 반복해야 했을까? 혹시 아버지의 내면에는 아트만이 존재하지 않고, 아버지의 마음에는 원천의 샘물이 흐르지 않는 게 아닐까? 바로 그 원천, 자아 속에 있는 이 원천을 찾아내어 내 것으로 삼아야 한다! 그 밖의 모든 것은 탐색, 우회, 방황에 불과하다.

이것이 싯다르타의 생각이었고, 그의 목마름이자 고뇌였다.

그는 자주 『찬도기야 우파니샤드』*에 나오는 구절을 혼자 읊조렸다. "진실로, 브라만**이라는 이름은 사티얌***이다. 진정으로 이를 아는 자는 매일같이 천상의 세계로 들어간다." 천상의 세계가 가까워 보일 때는 종종 있었지만, 그는 한 번도 그곳에 완전히 도달하거나 궁극적인 갈증을 해소한 적이 없었다. 그리고 그가 알거나 가르침을 받은 모든 현자 중에서 또 최고의 현자들 중에서도 천상의 세계에 완전히 도달한 사람, 영원한 갈증을 완전히 해소한 사람은 아무도 없었다.

"고빈다." 싯다르타가 친구에게 말했다. "사랑하는 고빈다, 보리수나무 아래로 가서 침잠 수련을 하자."

두 사람은 보리수나무 아래로 갔고, 한쪽에 싯다르타가 앉고 스무 걸음쯤 떨어진 곳에 고빈다가 자리를 잡고 앉았다. 싯다르타는 옴 소리를 낼 준비를 하고 앉아 다음 구절을 반복해서 읊었다.

옴은 활이요, 화살은 영혼이로다,
브라만은 화살의 과녁이니,
그 과녁을 정확하게 맞혀야 하리.

---

* 인도 철학자 샹카라가 진본으로 인정한 열 편의 『우파니샤드』 가운데 제9편.
** 힌두교의 최고 원리이자 우주의 근본적 원리. 온 세상을 창조하고 보존하는 힘이다. 개별적인 인격적 원리인 '아트만'과 대비되는 개념으로, 우주적이고 중성적인 원리이다.
*** 힌두교에서 환영에 가려진 진리를 말한다.

여느 때와 같은 침잠 수련을 마치고, 고빈다는 몸을 일으켰다. 어느새 저녁이 되어, 목욕재계를 할 시간이었다. 그는 싯다르타의 이름을 불렀다. 아무 대답이 없었다. 싯다르타는 앉은 채 깊은 명상에 잠겨 있었는데, 두 눈은 아주 멀리 떨어진 한 지점에 박혀 있었고, 치아 사이로 혀끝이 살짝 나와 있었으며, 숨도 쉬지 않는 것 같았다. 이런 침잠 상태에서 싯다르타는 옴을 생각하면서 영혼의 화살을 브라만에게로 보내며 앉아 있었다.

한때 사문*의 무리가 싯다르타가 사는 도시를 지나간 적이 있었다. 순례하는 고행자로서 깡마르고 기력이 쇠한 세 남자였는데, 너무 늙거나 어리지 않았고, 어깨는 먼지와 피투성이였으며, 거의 벌거벗다시피 한 몸뚱이는 햇볕에 그을어 있었고, 고독에 휩싸인 모습에 세상을 낯설어하고 적대적이어서, 인간 세계에서는 이방인이자 수척한 자칼과 같은 존재였다. 그들 뒤로는 조용한 열정의 향기, 자기파괴적인 헌신의 향기, 냉혹한 자아초탈의 향기가 짙게 퍼져나왔다.

그날 저녁, 명상을 끝낸 후 싯다르타는 고빈다에게 말했다. "친구여, 싯다르타는 내일 이른아침에 사문들한테로 가려 하네. 싯다르타는 사문이 될 생각이야."

고빈다는 그 말을 듣자, 또 확고부동한 친구의 얼굴에서 마치 시위를 떠난 화살처럼 되돌릴 수 없는 결의를 보자 하얗게 질렸다. 곧바로, 그리고 첫눈에 고빈다는 알아차렸다. '이제 시작이로구나, 이제 싯다르타는 자신의 길을 가려는 거야. 이제 그의 운명이 싹트기 시작했고, 나

---

* 경전에 의지하지 않고 고행이나 명상 등을 통해 스스로 해탈하려는 수도승으로, 떠돌아다니며 주로 숲에서 수행했다.

의 운명도 그와 더불어 싹트기 시작한 거지.' 고빈다의 얼굴은 마치 마른 바나나 껍질처럼 창백해졌다.

"오, 싯다르타." 고빈다가 소리쳤다. "자네 아버지가 과연 허락하실까?"

싯다르타는 막 깨달음을 얻은 사람처럼 고빈다를 바라보았다. 그는 화살처럼 빠르게 고빈다의 영혼을 읽었는데, 친구의 영혼에는 불안과 체념이 깃들어 있었다.

"오, 고빈다." 싯다르타가 다정하게 말했다. "우리 쓸데없는 말은 그만두기로 해. 내일 동이 트는 대로 나는 사문의 삶을 시작할 거야. 그 이야기는 더이상 하지 말자고."

싯다르타는 방으로 들어가 인피로 만든 돗자리 위에 앉아 있는 아버지의 등뒤에 서서, 그가 인기척을 느낄 때까지 기다렸다. 브라만이 말했다. "싯다르타구나. 무슨 할말이 있어 왔는지 말해보거라."

싯다르타가 입을 열었다. "아버지의 허락을 받고자 합니다. 내일 아버지의 집을 떠나, 고행자 무리로 간다는 말씀을 드리려고 왔습니다. 사문이 되는 것이 저의 소망입니다. 부디 아버지께서 반대하지 않으셨으면 합니다."

브라만은 아무 말도 하지 않았고, 그의 침묵은 조그만 창문 밖으로 보이는 별들이 운행을 계속하여 그 모양이 바뀔 때까지 이어졌다. 아들은 말없이, 꼼짝도 하지 않고 팔짱을 낀 채 서 있었고, 아버지 역시 미동도 하지 않고 돗자리에 앉아 있었으며, 하늘에서는 별들이 운행을 계속했다. 이윽고 아버지가 말문을 열었다. "격하고 성난 말을 내뱉는 것은 브라만에게 온당치 않은 일이다. 그럼에도 분노의 감정이 이 브라만의 마음을 흔드는구나. 나는 네가 그런 말을 두 번 다시 입밖에 내지 않았으면 한다."

이어 브라만은 천천히 몸을 일으켰고, 싯다르타는 말없이 팔짱을 낀 채 그대로 서 있었다.

"무엇을 기다리는 게냐?" 아버지가 물었다.

싯다르타가 말했다. "아버지께서는 알고 계십니다."

아버지는 언짢은 마음으로 방에서 나갔고, 언짢은 마음으로 침상을 찾아 누웠다.

한 시간이 지나도 눈을 붙일 수 없어, 브라만은 자리에서 일어나 이리저리 서성대다가 집 앞으로 나가보았다. 방에 난 작은 창문으로 방안을 들여다보니 싯다르타가 팔짱을 낀 자세 그대로 꼼짝도 않고 서 있는 모습이 보였다. 그의 밝은색 겉옷이 흐릿하게 빛나고 있었다. 아버지는 불안한 마음으로 잠자리로 되돌아갔다.

또 한 시간이 지나도록 여전히 잠을 이루지 못하자, 브라만은 다시 일어나서 이리저리 서성대다가, 집 앞으로 나가 하늘에 떠오른 달을 바라보았다. 방에 난 작은 창문으로 방안을 들여다보니, 싯다르타가 여전히 팔짱을 낀 자세 그대로 꼼짝도 않고 서 있는 모습이 보였다. 달빛이 앙상하게 드러난 그의 종아리를 비추고 있었다. 아버지는 걱정스러운 마음으로 잠자리로 되돌아갔다.

아버지는 한 시간 후에 다시 나가보고, 두 시간 후에 또다시 나가 조그만 창문 너머로 싯다르타가 달빛 속에, 별빛 속에, 어둠 속에 서 있는 모습을 보았다. 그렇게 매시간 밖으로 나와 말없이 방안을 들여다보았고, 그때마다 꼼짝도 하지 않고 서 있는 아들의 모습이 눈에 들어왔으며, 아버지의 마음은 분노로 가득찼고, 불안으로 가득찼고, 염려와 고통으로 가득찼다.

그리고 밤이 끝날 무렵, 아직 날이 밝기 전에 아버지는 다시 돌아가 방으로 들어갔는데, 아들은 전보다 키가 더 커 보이고 낯설게 느껴지는 젊은이의 모습으로 방안에 서 있었다.

"싯다르타." 아버지가 말했다. "무엇을 기다리느냐?"

"아버지께서는 알고 계십니다."

"너는 날이 밝도록, 정오가 되고 저녁이 될 때까지 마냥 그렇게 서서 기다릴 셈이냐?"

"저는 서서 기다릴 것입니다."

"너는 지쳐버릴 것이다, 싯다르타."

"저는 지쳐버릴 것입니다."

"너는 잠들어버릴 것이다, 싯다르타."

"저는 잠들지 않을 것입니다."

"너는 죽을 것이다, 싯다르타."

"저는 죽을 것입니다."

"그럼 너는 아버지에게 순종하기보다 차라리 죽음을 택하겠다는 거냐?"

"싯다르타는 언제나 아버지께 순종해왔습니다."

"그러면 너의 계획을 포기하겠느냐?"

"싯다르타는 아버지께서 말씀하시는 대로 행할 것입니다."

아침의 첫 햇살이 방안을 비추었다. 브라만은 싯다르타의 무릎이 약간 떨리는 것을 보았다. 하지만 싯다르타의 얼굴에는 아무런 동요도 없었고, 두 눈은 먼 곳을 응시하고 있었다. 그제서야 아버지는 싯다르타가 더이상 자기 곁에 있지 않고 고향집에도 머물러 있지 않음을, 아들이 이미 자신을 떠났음을 깨달았다.

아버지는 싯다르타의 어깨를 만졌다.

"너는 숲으로 들어가 사문이 되도록 해라." 아버지가 말했다. "숲속에서 네가 참된 행복을 얻는다면, 돌아와 내게도 그 행복을 가르쳐다오. 만약 네가 환멸을 느끼게 된다면, 다시 돌아와 나와 함께 신들에게 제물을 올리도록 하자꾸나. 이제 가서 어머니께 작별의 입맞춤을 하고 네가 어디로 가려는지 말씀드려라. 나는 이제 강에 나가 첫 목욕재계를 해야겠구나."

아버지는 아들의 어깨에서 손을 떼고 밖으로 나갔다. 싯다르타는 발걸음을 옮기려다가 옆으로 휘청거렸다. 그는 가까스로 몸을 추스르면서 아버지에게 고개 숙여 절을 올리고, 아버지가 말한 대로 어머니에게 인사를 하러 갔다.

싯다르타가 첫 아침햇살을 받으며 뻣뻣한 다리를 이끌고 아직 고요에 잠긴 도시를 느릿느릿 떠나려는데, 길 끝에 있는 오두막에서 웅크리고 있던 그림자 하나가 불쑥 일어서더니 이 순례자와 합류했다—고빈다였다.

"자네가 왔군!" 싯다르타가 말하며 미소 지었다.

"나도 왔네." 고빈다가 말했다.

사문들 곁에서

그날 저녁, 싯다르타와 고빈다는 고행자인 깡마른 사문들을 따라잡았고, 그들과 동행하며 순종하겠다는 뜻을 내비쳤다. 사문들은 두 사람을 받아들였다.

싯다르타는 길에서 마주친 한 가난한 브라만에게 자신의 겉옷을 벗어주었다. 그는 이제 치부를 가리는 내의만 입고 어깨에 꿰매지 않은 흙빛 천만 걸쳤을 뿐이었다. 그는 하루에 딱 한 번 식사를 했고, 끓이거나 삶은 음식은 먹지 않았다. 그는 보름 동안 단식을 했다. 그는 이십팔일 동안 단식을 했다. 그러자 허벅지와 볼에서 살이 빠졌다. 튀어나온 두 눈에서는 불꽃 같은 꿈들이 나풀거렸고, 앙상한 뼈만 남은 손가락에서는 손톱이 길게 자라났으며, 턱에는 꺼칠꺼칠한 수염이 덥수룩해졌다. 여자들과 마주칠 때면 그의 시선은 얼음장처럼 차가워졌고, 도시에서 아름다운 옷을 입은 사람들 사이로 지나갈 때면 그의 입은 멸시의 감정으로 일그러졌다. 그는 장사꾼들이 장사하는 것을, 제후들이 사냥하러 나가는 것을, 상을 당한 사람들이 망자를 애도하는 것을, 매춘부들이 몸을 파는 것을, 의사들이 아픈 자를 치료하려 애쓰는 것을, 사제들이 파종 날짜를 정하는 것을, 연인들이 서로 사랑하는 것을, 어머니들이 자식에게 젖을 먹이는 것을 보았다―그러나 그 모든 것이 그에게는 눈길 한번 줄 가치조차 없는 것이었다. 모든 것이 거짓이었고, 모든 것이 악취를, 거짓의 악취를 풍기고 있었다. 그 모든 것이 의미와 행복, 아름다움이 있는 것처럼 가장하고 있었고, 인정하지는 않았지만 실은 부패해 있었다. 세상은 쓴맛이었다. 삶은 고통이었다.

싯다르타에게는 하나의 목표, 오로지 하나의 목표가 있었다. 비우는 것, 갈증을 비우고, 소망을 비우고, 꿈을 비우고, 기쁨이나 고통을 비우는 것이었다. 자아를 죽이는 것, 자아로부터 벗어나는 것, 마음을 비운 상태로 안식을 얻는 것, 자아를 초월한 묵상을 하면서 경이의 세계를 접하는 것, 그것이 바로 그의 목표였다. 일체의 자아가 극복되고 소멸될 때, 마음속의 모든 욕망과 충동이 침묵할 때, 그때 비로소 가장 궁극적인 부분, 자아를 초탈한 존재의 가장 심오한 부분, 그 위대한 비밀이 깨어날 것이었다.

싯다르타는 바로 내리쬐는 뜨거운 햇볕 아래서, 고통과 목마름으로 온몸이 달아오르는데도 말없이 서 있었다. 어떤 고통도, 어떤 갈증도 더이상 느껴지지 않을 때까지. 그는 우기에도 말없이 서 있었다. 머리카락에서부터 얼어붙은 어깨, 얼어붙은 허리와 장딴지를 타고 빗물이 흘러내리는데도 이 속죄자는 어깨와 다리가 더이상 한기를 느끼지 못하게 되어 고요해지고 조용해질 때까지 그렇게 서 있었다. 또 그는 말 없이 가시덤불 속에 웅크리고 앉아 있기도 했다. 화끈거리는 살갗에서 피가 뚝뚝 떨어지고, 곪은 상처에서는 고름이 흘렀다. 그런데도 싯다르타는 더이상 피가 흘러내리지 않을 때까지, 더이상 무언가에 찔리는 감각도 느끼지 못하고 더이상 화끈거림도 느끼지 못할 때까지, 꼿꼿하게 미동도 않고 그대로 있었다.

싯다르타는 단정한 자세로 앉아 호흡을 아끼는 법을 배웠다. 아주 적은 호흡으로 버텨내는 법을 배웠고, 호흡을 아예 멈추는 법을 배웠다. 그는 호흡법부터 시작해 심장박동을 가라앉히는 법을 배웠고, 심장박동을 줄여나가 마침내 박동이 매우 드물거나 거의 없는 상태에 이르게 하는 법을 배웠다.

싯다르타는 사문 중 최고 연장자의 가르침을 받아, 새로운 사문의 규범에 따라서 자아를 벗어나는 법을 연습하고 침잠을 연습했다. 왜가리 한 마리가 대나무숲 위로 날아갈 때면―싯다르타는 왜가리를 자신의 영혼 속에 받아들여 스스로 한 마리 왜가리가 되어 숲과 산 위로 날아올랐고, 물고기를 잡아먹었으며, 왜가리가 겪는 굶주림을 겪고, 왜가리가 우는 소리로 울고, 왜가리의 죽음을 겪었다. 죽은 자칼 한 마리가 모래톱에 쓰러져 있으면, 싯다르타의 영혼은 그 시체 속으로 들어가 죽은 자칼이 되어 모래톱에 누웠고, 그 몸은 부풀어오르고 악취를 풍기며 부패해갔다. 그러다 하이에나에게 갈가리 찢기고, 독수리한테 물어뜯겨 살갗이 벗겨지고, 급기야 뼈다귀만 남아, 먼지가 되어 들판에 흩날렸다. 그러고 나서야 싯다르타의 영혼은 되돌아왔다. 이미 한번 죽고, 부패하고, 먼지가 되었으며, 애처로운 윤회의 고통을 맛본 그 영혼은 이제 마치 사냥꾼처럼 새로운 갈증을 느끼면서 윤회의 수레바퀴에서 벗어날 수 있는 틈새를, 인과응보가 끝나는 지점을, 고통 없는 영겁이 시작되는 틈을 노리며 기다렸다. 그는 자신의 감각을 죽이고, 자신의 기억을 죽였으며, 자아에서 빠져나와 수천 가지의 낯선 형체 속으로 미끄러져들어갔다. 그는 짐승이 되고, 부패한 시체가 되고, 돌이 되고, 나무가 되고, 물이 되었으나 깨어날 때면 늘 다시 자기 자신을 발견했다. 해가 떠 있거나 달이 빛나고 있었고, 그는 다시 그 자신이 되어 윤회의 사슬에 묶여 있었으며, 다시 갈증을 느꼈고, 갈증을 극복하고 나면 또다시 갈증을 느꼈다.

싯다르타는 사문들과 함께 지내며 많은 것을 배웠고, 자아에서 벗어나는 여러 길을 익혔다. 그는 고통을 통해, 다시 말해 자발적으로 고통, 굶주림, 갈증, 피로를 경험하고 극복함으로써 자아에서 벗어나는 길을 시도해보았다. 그는 명상을 통해, 모든 심상에서 감각을 해방시킴으로써 자아에서 벗어나는 길을 시도해보았다. 그는 그 길들을 비롯해 다른 여러 가지 길을 익혀 수천 번이나 자아를 떠나보았고, 몇 시간 동안 그리고 며칠 동안 무아의 경지에 머무르기도 했다. 그러나 그 길들은 자아에서 벗어나는 길이었음에도, 끝에 이르면 결국 다시 자아로 돌아왔다. 싯다르타는 수천 번 자아로부터 도망쳐 무의 세계에 머무르기도 하고 짐승이나 돌 속에 머물러보기도 했지만, 자아로 돌아오는 것을 피할 수는 없었다. 햇빛 속에서나 달빛 속에서, 그늘에서 또는 빗속에서 다시 자기 자신을 발견하고, 다시 자신이, 싯다르타가 되어 자신에게 부과된 윤회의 고통을 다시 느끼게 되는 그 시간에서 빠져나갈 수는 없었다.

싯다르타의 곁에는 그의 그림자인 고빈다가 늘 함께하며 그와 같은 길을 갔고, 같은 노력을 기울였다. 두 사람은 봉사와 수행에 필요한 말 외에는 서로 대화를 거의 나누지 않았다. 때로는 둘이서 자신과 스승들이 먹을 양식을 얻기 위해 이 마을 저 마을로 탁발을 하러 다니기도 했다.

"자네는 어떻게 생각하나, 고빈다?" 언젠가 탁발을 하러 나섰을 때 싯다르타가 물었다. "우리가 많이 나아갔다고 생각하나? 우리가 목표에 도달한 것일까?"

고빈다가 대답했다. "우리는 배워왔고, 더 배워나갈 걸세. 자네는 위대한 사문이 될 거야, 싯다르타. 자네는 어떤 수련이든 어찌나 빨리 익히는지 연로한 사문들조차도 자네를 보며 자주 경탄했어. 자네는 언젠가 성자가 될 거야, 오, 싯다르타."

싯다르타가 말했다. "나는 그렇게 생각하지 않아, 친구. 내가 이날 이 때까지 사문에게 배운 것 정도는 더 빠르고 더 간단히 배울 수도 있는 것들일 테니까. 친구, 그런 것들은 매춘부가 있는 술집에서, 또는 마부나 노름꾼한테서도 배울 수 있을 걸세."

고빈다가 말했다. "싯다르타는 지금 나한테 농담을 하고 있군. 어떻게 자네는 침잠을, 어떻게 자네는 호흡을 멈추는 법을, 어떻게 자네는 배고픔이나 고통에 대한 무감각을 그곳의 비천한 사람들에게 배울 수 있다고 말하는 건가?"

그러자 싯다르타는 마치 자신에게 말하듯 나지막하게 속삭였다. "침잠이란 것이 대체 뭔가? 육체를 떠난다는 것이 뭔가? 단식이라는 것은? 호흡을 멈춘다는 것은? 그것은 자아로부터 도망치는 것, 자아의 고통에서 잠시 벗어나는 것, 고통과 삶의 무의미함을 두고 잠시 자신을 마비시키는 거야. 그렇게 도망치는 것, 그렇게 잠시 의식을 마비시키는 것은, 여인숙에 머무는 소몰이꾼이라도 곡주 몇 잔이나 발효된 야자술을 마시면 발견하게 되는 길이지. 그런 순간에는 그 사람도 더이상 자기 자신을 느끼지 못하고, 더이상 삶의 고통도 느끼지 못하며, 일시적인 마비 상태에 빠지게 된단 말이네. 그 사람은 고작 곡주 몇 잔을 마시고서, 싯다르타와 고빈다가 오랜 수련 끝에 육체에서 벗어나 머무는 무아 상태와 같은 경지에 이르는 거야. 사실이 그렇다네, 고빈다."

고빈다가 말했다. "이보게 친구, 자네는 말은 그렇게 하지만, 싯다르타는 소몰이꾼이 아니고 또 사문은 술주정뱅이와 다르다는 것을 알고 있어. 술꾼도 마비 상태에 들어가고 또 잠시 도피하고 휴식을 얻을지는 모르지만, 취한 상태에서 깨어나면 모든 것이 이전과 다름없다는 사실을 발견하게 되지. 이전보다 더 현명해진 것도 아니고, 새로운 지식을 쌓은 것도 아니고, 몇 단계 더 올라간 상태가 되는 것도 아니란 말일세."

그러자 싯다르타는 미소를 지으며 말했다. "나는 잘 모르겠군, 한 번도 술꾼이 되어본 적이 없거든. 그렇지만 나 싯다르타는 여러 수련과 침잠 속에서 단지 일시적인 마비 상태만 체험했을 뿐이고, 어머니의 뱃속에 있는 어린아이와 마찬가지로 예지나 해탈로부터는 멀리 떨어져 있음을 알고 있어. 오, 고빈다, 나는 그 사실은 잘 알고 있다네."

그리고 또 어느 날, 동료 사문들과 스승들을 위한 양식을 구하러 고빈다와 함께 숲을 떠나 마을을 돌아다니고 있을 때, 싯다르타는 말했다. "어떻게 생각하나, 고빈다? 우리가 지금 올바른 길을 가고 있는 걸까? 우리가 정말 깨달음에 다가가고 있는 걸까? 우리가 정말 구원에 다가가고 있는 걸까? 아니면—윤회의 수레바퀴에서 벗어나고 있다 여기면서도 우리는 여전히 제자리를 맴돌고 있는 게 아닐까?"

고빈다가 말했다. "우리는 많은 것을 배웠어, 싯다르타. 그리고 아직도 배울 게 많지. 우리는 제자리를 맴도는 것이 아니라, 위를 향해 올라가고 있어. 우리가 걷는 길은 나선형이고, 우리는 벌써 여러 단계를 올라온 거야."

싯다르타가 대답했다. "자네는 우리 중에서 가장 연로한 사문, 우리가 존경하는 스승의 연세가 얼마쯤 됐을 것 같은가?"

고빈다가 말했다. "가장 연로한 분은 아마 예순 살쯤 되셨을 테지."

그러자 싯다르타가 말했다. "그분은 나이가 예순인데도 아직 열반*에 이르지 못했어. 그분은 일흔이 되고 여든이 될 테고, 자네와 나, 우리도 그분처럼 나이들 때까지 수련을 계속하고, 단식도 하고 명상도 할 테지. 그러나 우리는 결코 열반에 이르지 못할 걸세. 스승도 이르지 못하고, 우리도 이르지 못할 거야. 오, 고빈다, 나는 이 세상의 모든 사문 가운데 아마 한 사람도, 단 한 사람도 열반에 이르지 못할 거라고 생각해. 우리는 위안을 얻기도 하고, 마비 상태에 빠지기도 하며, 스스로를 기만하는 기술을 익히지. 그러나 우리는 본질적인 것, 길 중의 길은 발견하지 못할 걸세."

"제발 그런 무시무시한 말은 그만두게, 싯다르타!" 고빈다가 말했다. "대체 왜 학식을 갖춘 저 많은 이들, 저 많은 브라만들, 엄격하고 존경

---

* 일체의 번뇌나 고뇌가 소멸된 상태를 뜻하는 불교 용어. 수행으로 진리를 체득하여, 미혹과 집착을 끊고 일체의 속박에서 해탈한 최고의 경지를 이른다.

할 만한 저 많은 사문들, 저 많은 구도자들, 저 많은 열성적인 자들과 저 많은 성스러운 자들 중에서 그 누구도 길 중의 길을 발견하지 못한다는 건가?"

하지만 싯다르타는 냉소와 슬픔이 한껏 묻어나는 목소리로, 다시 말해 조용하면서도 다소 슬프고 다소 냉소적인 목소리로 말했다. "고빈다, 자네의 친구는 곧 자네와 함께 오랫동안 걸어온 이 사문의 길을 떠나고자 하네. 오, 고빈다, 나는 갈증에 시달리고 있고, 이 기나긴 사문의 길에서 나의 갈증은 조금도 줄어들지 않았어. 나는 항상 깨달음에 목말라 있었고, 항상 질문을 가득 품고 있었지. 나는 해마다 브라만들에게 질문을 던졌고, 해마다 성스러운 베다 경전들을 뒤적이며 의문을 풀어보고자 했어. 오, 고빈다, 내가 코뿔소나 침팬지에게 물어봤어도 지금 이 정도에는 다다르고 이만큼은 현명해지고 이만큼의 효과는 거두었을 거야. 오, 고빈다, 나는 그토록 많은 시간을 들였으나 아직도 '인간은 아무것도 학습할 수 없다'는 사실조차 제대로 배우지 못했네! 사실 내가 보기에 이 세상에는 '배움'이라고 일컬을 만한 것이 없는 것 같아. 오, 친구여, 오로지 하나의 앎만이 존재할 뿐인데, 그것은 도처에 있는 아트만이며 내 안에, 자네 안에, 그리고 모든 존재 안에 있지. 이제 나는 이러한 앎에 이르는 데 가장 큰 방해물이야말로 알려고 하는 의지, 배움이라는 생각이 들어."

그러자 고빈다는 걸음을 멈추고 두 손을 치켜들며 말했다. "싯다르타, 그런 말로 친구를 불안하게 만들지 말게! 정말이지 자네의 말은 내 마음속 불안을 일깨우는군. 한번 생각해보게. 자네 말대로 배움이라는 것이 결코 존재하지 않는다면, 기도의 성스러움은 무엇이고, 브라만 계급의 존엄성은 무엇이며, 사문의 신성함은 무엇이란 말인가? 오, 싯다르타, 자네 말대로라면 이 지상에서 신성한 것, 가치 있는 것, 존중할 만한 것이란 대체 무엇이란 말인가?"

그러면서 고빈다는 시구, 『우파니샤드』에 나오는 한 구절을 웅얼거렸다.

> 깊은 생각에 잠겨, 정화된 정신으로, 아트만 속으로 침잠하는 자,
> 그의 마음은 이루 말할 수 없는 지복至福을 누릴 것이다.

그러나 싯다르타는 말이 없었다. 그는 고빈다가 자신에게 한 말을 생각하면서, 그 말의 궁극적인 의미를 헤아려보았다.

그는 걸음을 멈추고 서서 고개를 숙인 채 생각에 잠겼다. '그래, 우리에게 신성해 보이는 모든 것 중에서 남아 있는 것은 무엇인가? 무엇이 남아 있을까? 과연 무엇이 신성한 것으로 밝혀질까?' 그는 고개를 가로 저었다.

두 젊은이가 사문들 곁에 머물며 함께 수행한 지 어느덧 삼 년 정도가 흘렀을 때, 이런저런 경로를 통해 직간접적으로 어떤 소식, 어떤 소문, 어떤 풍문이 들려왔다. 고타마*라는 인물이 나타났다는 것이다. 숭고한 자, 부처로서, 자기 안에서 세상의 고통을 극복하고 윤회의 수레바퀴를 멈추게 한 이라고 했다. 제자들에게 둘러싸여 가르침을 베풀면서 온 나라를 돌아다니는 그는 아무것도 소유하지 않고 집도 없고 처

---

* 부처의 본명은 고타마 싯다르타로, 고타마는 성이고 싯다르타는 이름이다. 이 작품에서는 고타마와 싯다르타를 동시대의 두 사람으로 분리해 묘사하고 있다.

자도 없었으며, 고행자가 입는 누런 가사만 걸쳤는데도 이마가 밝게 빛나며 축복을 입은 자여서, 브라만들과 제후들이 그 앞에서 고개를 숙이고 배움을 청한다는 것이다.

이런 풍문, 이런 소문, 이런 이야기가 들려와 향기처럼 이곳저곳으로 퍼져나갔고, 도시에서는 브라만들이 그에 관해 이야기했으며, 숲에서는 사문들이 그에 관해 이야기했다. 그리하여 고타마라는 이름, 부처라는 이름은 두 젊은이의 귀에 거듭 들려왔는데, 호의적인 말과 악의적인 말, 칭송하는 말과 비방하는 말이 모두 있었다.

온 나라에 페스트가 창궐했을 때 어느 지방에 어떤 인물, 어떤 현자, 어떤 도통한 인물이 나타나 말 한마디로, 입김 한 번으로 모든 병자를 치유하는 일이 생기면, 그 소문은 온 나라에 퍼지고 누구나 그 사람에 대해 이야기하게 되며, 많은 사람이 그 말을 믿고 또 그만큼 많은 사람이 그 소문을 의심하지만, 결국에는 많은 사람이 그 현자, 그 구원자를 찾아나서기 마련이다. 이와 마찬가지로 사캬족 출신 현자인 고타마, 그 부처라는 인물에 대한 풍문, 그 향기로운 풍문 역시 온 나라로 퍼져나갔다. 신봉자들에 따르면 부처는 궁극의 깨달음을 얻었고 자신의 전생을 기억하며, 이미 열반에 도달해 다시는 윤회의 수레바퀴 속으로 되돌아오지도 더이상 현상계의 탁류에 빠져들지도 않게 되었다고 했다. 그리고 기적을 행하고 악마를 물리쳤으며 신들과 대화도 나누었다는 등, 그에 관한 놀랍고 믿기 어려운 말이 수없이 떠돌았다. 하지만 그의 적대자들이나 그를 믿지 않는 자들은 그 고타마라는 자가 호사스러운 생활을 하고 제사를 등한시하며 학식도 없고 수행이나 금욕이 무엇인지도 모르는 허무맹랑한 유혹자라고 주장했다.

부처에 관한 소문은 달콤했고, 그 풍문에서는 사람을 매료시키는 마법의 향기가 났다. 세상은 병들고 삶은 견디기 어려운 고통이었는데─이 풍문에서는 한줄기 샘물이 솟아나는 것 같았고, 위안을 담은 부드러운 복음, 고상한 약속으로 가득한 복음이 울리는 것 같았다. 부처의 소문이 들리는 곳 어디에서나, 인도 전역에서, 젊은이들은 귀를 기울였고 동경을 느끼고 희망을 느꼈으며, 부처, 숭고한 자, 석가모니의 소식을 가져오는 순례자나 이방인은 누구나 도시에서든 시골에서든 브라만의 아들들에게 환대를 받았다.

부처에 관한 소문은 숲속의 사문들에게도, 싯다르타와 고빈다에게도 물방울이 떨어지듯 한 방울 한 방울 서서히 전해졌는데, 모든 물방울에는 희망과 의혹이 함께 담겨 있었다. 그들이 그 이야기를 입에 올리는 일은 거의 없었는데, 사문 중 최고 연장자가 그 풍문을 달가워하지 않기 때문이었다. 최고 연장자는 이 부처라는 인물이 이전에 고행하는 자로 숲속에 살다가 사치와 속세의 쾌락으로 돌아갔다는 말을 듣고는 그 고타마라는 인물을 대단찮게 여겼다.

"오, 싯다르타." 한번은 고빈다가 친구에게 말했다. "오늘 마을에 다녀왔네. 어떤 브라만이 자기 집에 와달라고 나를 초대했거든. 그 집에는 마가다왕국에서 온 브라만의 아들이 하나 있었는데, 자기 눈으로 직접 부처를 보았고 부처의 가르침도 들었다고 하더군. 그 말을 듣자 정말이지 숨이 막혀 가슴이 먹먹해지는 것 같았어. 그리고 혼자 생각했지. 나도, 우리 두 사람도, 싯다르타와 나도 그 완전한 분의 입에서 나오는 가르침을 직접 들으면 얼마나 좋을까, 하고 말이야! 어떤가, 친구, 우리도 그곳에 찾아가 부처의 입에서 나오는 가르침을 들어보지 않겠는가?"

싯다르타가 말했다. "오, 고빈다, 나는 항상 친구 고빈다는 언제까지
나 사문들 곁에 남을 거라고, 예순 살, 일흔 살이 되어도 사문에게 어울
리는 기술과 수련을 익히겠다는 목표에만 매진할 거라고 생각했다네.
그런데 내가 고빈다를 너무 모르고 있었군, 친구의 마음을 잘 몰랐던
거지. 내 소중한 친구여, 그러니까 자네는 새로운 길로 접어들어, 부처
가 가르침을 주는 곳을 찾아가려는 것이군."

고빈다가 말했다. "자네는 사람 놀리기를 좋아하는군. 그래, 마음껏
놀려보게, 싯다르타! 하지만 자네 마음속에도 부처의 가르침을 들어보
고 싶은 충동, 그런 욕구가 있지 않나? 그리고 나한테 언젠가 사문의
길을 그리 오래 가지는 않을 거라고 말한 적도 있지 않은가?"

그러자 싯다르타는 특유의 미소를 짓고는 슬픔과 냉소의 그림자가
드리운 목소리로 말했다. "그래, 고빈다, 잘 말해주었네, 자네 기억이 맞
아. 자네는 나한테서 들은 다른 말도 아마 기억하고 있겠지. 내가 가르
침이나 배움에 불신을 갖고 싫증을 느끼게 되었다는 것, 스승들이 우리
에게 들려주는 말에 대한 믿음이 줄었다고 한 것 말이야. 사랑하는 친
구, 어쨌거나 나도 그분의 가르침을 들을 용의가 있어—물론 마음속으
로는 우리가 그분의 설법 가운데 최고의 열매를 이미 맛보았다고 생각
하지만."

고빈다가 말했다. "자네가 그럴 생각이 있다니 기쁘군. 그런데 그게
어떻게 가능하지? 우리는 아직 고타마의 설법을 듣지 않았는데, 어떻
게 그분의 설법 가운데 최고의 열매를 알 수 있다는 말인가?"

싯다르타가 말했다. "우선은 이 열매를 맛보고, 그다음 것을 기다리

34

도록 하지, 고빈다! 우리가 벌써 고타마에게 받은 열매란 바로 그 사람이 우리를 사문들 곁에서 떠나게 한다는 거야! 그 사람이 우리에게 다른 더 좋은 것을 줄 수 있을지는, 친구여, 조용한 마음으로 기다려보기로 하세."

바로 그날, 싯다르타는 사문 중 최고 연장자에게 그곳을 떠나겠다는 자신의 결심을 알렸다. 그는 젊은이로서 그리고 제자로서 갖추어야 할 예의와 겸손함을 모두 갖추고 이러한 결심을 털어놓았다. 하지만 최고 연장자는 두 젊은이가 자신을 떠나려는 데에 분노를 드러냈고, 크게 소리를 지르며 거친 욕설을 해댔다.

고빈다가 깜짝 놀라며 당황하자 싯다르타는 고빈다의 귀에 입을 갖다대고 나직이 속삭였다. "이제 내가 저 늙은 사문한테서 그래도 뭔가 배웠음을 보여주겠네."

싯다르타는 그 앞에 바싹 다가서서 온 정신을 집중해 늙은 사문의 시선을 자신의 시선으로 제압하고 감히 입을 열지 못하게 만들었으며, 그의 의지를 무너뜨리고 자신의 의지에 굴복시켜 자신이 요구하는 대로 말문을 닫게 만들었다. 늙은 사문은 갑자기 말문이 막히고, 두 눈을 움직일 수 없었으며 의지가 마비되었고 두 팔은 축 늘어졌다. 그는 싯다르타의 마법에 힘없이 굴복당했다. 늙은 사문의 생각은 그렇게 싯다르타의 생각에 짓눌려, 그는 결국 두 젊은이의 명령에 따를 수밖에 없었다. 그리하여 늙은 사문은 여러 번 몸을 숙여 축복하는 몸짓을 취했고, 떠나는 그들을 향해 더듬거리는 말투로 경건하게 행운을 빌어주었다. 두 젊은 사문은 감사하다고 화답하고, 마찬가지로 행운을 기원하는 말을 남기고는 작별인사를 올린 후 그곳을 떠났다.

길을 가던 중에 고빈다가 말했다. "오, 싯다르타, 자네는 내가 알던 것 이상으로 사문들에게 많은 것을 배웠군. 늙은 사문을 마법으로 사로잡는 것은 어려운 일, 참으로 어려운 일이지. 정말이지 자네가 그곳에 계속 머물렀다면 얼마 있지 않아 물 위를 걷는 법도 배웠을 걸세."

"나는 물 위를 걷고 싶은 마음은 없네." 싯다르타가 말했다. "늙은 사문들이나 그 따위 기예에 만족하라지."

고타마

사바티성*에서는 아이들까지도 모두 세존世尊 부처의 이름을 알고 있었고, 고타마의 제자들이 찾아와 말없이 양식을 청하면 어느 집 할 것 없이 기꺼이 탁발 그릇을 채워주었다. 그 도시의 외곽에 고타마가 가장 즐겨 머무는 곳이 있었는데, 기원정사라고 불리는 이 사원은 세존을 열렬히 숭배하는 아나타핀디카라는 부유한 상인이 세존과 그의 제자들에게 헌납한 곳이었다.

고타마에 관해 들은 모든 이야기, 그리고 두 젊은 고행자가 고타마의 처소에 대해 물었을 때 얻은 모든 대답이 그 지역을 가리키고 있었다. 두 고행자는 사바티성에 도착해 문밖에서 시주를 청한 첫번째 집에

* 석가모니가 이십오 년 동안 설법하고 교화했던 곳. 당시 코살라왕국의 수도였으며 슈라바스티라고도 한다.

서 곧바로 음식을 얻었다. 그들은 음식물을 공손히 받았고, 싯다르타는 음식을 내어주는 부인에게 물었다.

"자애로운 부인이시여, 저희는 부처, 그 존귀하신 분이 어디에 머무시는지 꼭 알고 싶습니다. 저희 두 사람은 숲에서 온 사문인데, 완전하신 그분을 직접 뵙고 그분의 입에서 나오는 가르침을 듣고자 여기까지 왔습니다."

부인이 말했다. "정말 제대로 찾아오셨군요, 숲에서 온 사문들이여. 세존께서는 아나타핀디카의 장원인 기원정사에 머물고 계십니다. 그대 순례자들은 그곳에서 밤을 보내도록 하세요. 그곳에는 그분의 입에서 나오는 가르침을 듣고자 모인 수많은 사람이 지낼 자리가 충분하답니다."

그러자 고빈다는 기뻐했고, 행복에 겨운 목소리로 소리쳤다. "참으로 잘됐군. 우리는 이제 목적지에 이르렀고, 여행도 끝났어! 말씀해주십시오, 순례자들의 어머니여, 부인께서는 부처, 그분을 아시나요? 혹시 그분을 당신의 눈으로 직접 보신 적이 있나요?"

부인이 대답했다. "저는 그분, 세존을 여러 번 뵈었지요. 그분이 누런 가사를 걸치고 말없이 거리를 걸어가시는 모습, 그리고 집 앞에서 아무 말 없이 탁발 그릇을 내미시는 모습, 음식이 채워진 그릇을 들고 문 앞을 떠나시는 모습을 여러 날 보았어요."

고빈다는 기쁨에 들떠 부인의 말에 귀를 기울였고, 더 많은 것을 묻고 들으려 했다. 하지만 싯다르타가 어서 길을 계속 가자고 재촉했다. 두 사람은 부인에게 감사의 인사를 하고 길을 떠났는데, 이제는 거의 길을 물어볼 필요도 없었다. 적지 않은 수의 순례자들과 고타마 공동체의 승려들이 기원정사를 향해 가고 있었기 때문이다. 그들은 밤에 그곳에 도착했는데, 새로운 사람들이 계속해서 도착했고, 잠자리를 찾거나 구한 사람들의 말소리와 외침이 그치지 않았다. 숲속에서의 삶에 익숙한 두 사문은 재빨리 그리고 조용히 잠자리를 찾아 아침까지 휴식을 취했다.

아침해가 떴을 때, 그들은 부처의 신봉자들은 물론 호기심에 이끌려 찾아온 엄청나게 많은 사람들이 그곳에서 밤을 보냈음을 알고는 놀라지 않을 수 없었다. 아름다운 숲속에 난 길마다 누런 법의를 걸친 승려들이 걸어가고 있었다. 여기저기 나무 아래에 앉아 명상에 잠겨 있거나 영적 대화를 나누는 이들도 있었다. 녹음이 우거진 장원은 벌처럼 떼지어 움직이는 사람들로 가득찬 도시 같았다. 대다수의 승려는 하루 중 유일한 식사인 점심거리를 얻으려고 탁발 그릇을 들고 마을로 나갔다. 심지어 깨달음을 얻은 자, 즉 부처 본인도 아침에는 으레 몸소 탁발하러 나섰다.

싯다르타는 부처를 보았고, 마치 어떤 신이 가리켜주기라도 한 듯 곧바로 그를 알아보았다. 싯다르타의 눈앞에서 그 사람, 그 수수한 남자는 누런 가사를 걸치고 손에 탁발 그릇을 든 채 조용히 걸어가고 있었다.

"저기 좀 보게!" 싯다르타가 고빈다에게 나지막하게 말했다. "저기 저분이 부처라는 분이야."

고빈다는 누런 가사를 걸친 승려를 주의깊게 쳐다보았다. 다른 수백 명의 승려와 별반 달라 보이지 않았다. 그런데도 고빈다 역시 이분이구나, 하고 금방 그를 알아보았다. 그리하여 두 친구는 이 승려를 뒤따르면서 그를 유심히 관찰했다.

부처는 겸허한 태도로 생각에 잠긴 채 걸음을 옮기고 있었다. 고요한 얼굴은 기뻐하는 표정도 슬퍼하는 표정도 아니었으며, 내면을 향해 조용히 미소를 짓는 것처럼 보였다. 그는 그윽한 미소를 머금은 채 조용하고 평화롭게, 건강한 아이처럼 걸었으며, 법의를 걸치고서 다른 승려들과 마찬가지로 엄격한 계율에 따라 발걸음을 옮겼다. 그러나 그의 얼굴과 그의 발걸음, 차분히 내리깐 시선, 조용히 아래로 내려뜨린 손, 그리고 조용히 아래로 내려뜨린 손의 손가락 하나하나마저 평화를 말하고 완전함을 말하고 있었으며, 무엇을 추구하지도 무엇을 모방하지도 않으면서 시들지 않는 안식 속에서, 시들지 않는 빛 속에서, 결코 깨뜨릴 수 없는 평화 속에서 부드럽게 숨쉬고 있었다.

그런 모습으로 고타마는 탁발을 하러 도시를 향해 걸어가고 있었고, 두 사문은 완전히 평온한 모습, 그 평화로운 모습만으로도 그를 알아볼 수 있었다. 그의 모습에는 어떤 추구, 어떤 욕망, 어떤 모방, 어떤 분투의 흔적도 보이지 않았고, 광채와 평화만이 감돌았다.

"오늘 우리는 저분의 입에서 나오는 가르침을 듣게 될 걸세." 고빈다가 말했다.

싯다르타는 아무 대답도 하지 않았다. 그는 가르침에 별로 호기심을 느끼지 않았고, 그 가르침이 자신에게 새로운 무언가를 알려주리라 생각하지도 않았다. 부처의 설법 내용은, 비록 입에서 입으로 전해들은 것이기는 하지만, 고빈다와 마찬가지로 싯다르타 자신도 벌써 여러 번 들었기 때문이다. 하지만 싯다르타는 고타마의 머리와 양쪽 어깨, 그의 두 발과 조용히 내려뜨린 두 손을 주의깊게 바라보았다. 싯다르타에게는 그 손의 손가락 마디마디가 가르침 그 자체인 것 같았으며, 진리를 말하고, 진리를 호흡하고, 진리의 향기를 풍기고, 진리를 빛나게 해주는 것 같았다. 이 사람, 부처야말로 새끼손가락의 움직임에 이르기까지 참으로 진실한 분이었다. 이분이야말로 참으로 성스러운 분이었다. 싯다르타는 지금까지 살아오면서 어떤 이에게서도 이 사람에게만큼 존경심이 우러나거나 사랑의 감정이 솟아나는 것을 느낀 적이 없었다.

두 사문은 부처를 따라 도시까지 나갔다가, 말없이 숲으로 돌아왔다. 그들 스스로 그날은 음식을 먹지 않기로 마음먹었기 때문이다. 그들은 고타마가 돌아오는 모습, 그리고 제자들에게 둘러싸여 식사하는 모습을 지켜보았다―그가 먹은 음식은 새 한 마리 배 불리지 못할 정도로 적었다―이어 두 친구는 부처가 식사를 마치고 망고나무 그늘 아래로 물러나는 모습을 보았다.

그러다 저녁이 되어 더위가 좀 수그러들자, 야영지에서는 모두가 활기를 띤 채 모여들어 부처의 설법을 들었다. 두 친구는 처음으로 부처의 목소리를 들었는데, 목소리 역시 완벽했고, 아주 평온했으며, 평화로 가득했다. 고타마는 번뇌에 대해, 번뇌의 원인에 대해 그리고 번뇌에서 벗어나는 길에 대해 설법을 폈다. 그의 차분한 가르침은 잔잔히 맑게 흐르는 물처럼 술술 흘러나왔다. 삶은 번뇌이고 세상은 번뇌로 가득차 있지만, 번뇌로부터 해탈하는 길을 발견했으니, 바로 부처의 길을 가는 자는 해탈을 얻는다는 것이었다.

세존은 온화하지만 확고한 목소리로 '사성제'와 '팔정도'*를 가르쳤

---

* 사성제(四聖諦)는 부처의 핵심적인 가르침으로, 생로병사의 고통에서 벗어나기 위해 발견한 네 가지 진리를 말한다. 팔정도(八正道)는 고통을 극복하는 진리의 여덟 가지 구체적인 방도에 대한 가르침이다.

다. 가르칠 때는 참을성 있게, 평범한 방식으로, 비유를 들어 설명하고 반복해 말해주며 가르쳤다. 부처의 음성은 한줄기 빛처럼, 별들이 영롱한 하늘처럼, 이야기를 듣는 사람들의 머리 위에서 밝게 그리고 조용히 빛났다.

부처가 설법을 마치자―벌써 밤이 깊어가고 있었다―많은 순례자들이 앞으로 걸어나가 공동체에 입단을 신청하고 부처의 가르침에 귀의했다. 그러자 고타마는 이들을 받아들이며 말했다. "그대들은 나의 가르침을 제대로 받아들였도다. 가르침이 잘 전해졌구나. 어서 들어와 거룩한 길을 걸으며 온갖 번뇌에서 벗어나도록 하라."

수줍음이 많은 고빈다도 앞으로 나가 말했다. "저도 세존께, 그리고 세존의 가르침에 귀의하고자 합니다." 고빈다는 제자로 받아들여주기를 청했고, 받아들여졌다.

부처가 밤의 휴식을 취하려고 물러나자마자, 고빈다는 싯다르타를 향해 열을 내며 말했다. "싯다르타, 자네를 비난할 생각은 없네. 하지만 우리 두 사람은 세존의 말씀, 그분의 가르침을 함께 듣지 않았나. 고빈다는 부처의 가르침을 듣고, 그 가르침에 귀의했어. 그런데 존경하는 친구, 자네는 그 해탈의 길을 가지 않으려는 건가? 자네는 아직도 주저하는 건가, 더 기다리겠다는 건가?"

고빈다의 말을 듣고, 싯다르타는 마치 막 잠에서 깨어난 사람처럼 정신이 들었다. 그는 고빈다의 얼굴을 한참 물끄러미 쳐다보았다. 그러다가 장난기라고는 전혀 없는 목소리로 나지막하게 말했다. "내 친구 고빈다, 이제 자네는 걸음을 내디뎠고, 자네의 길을 선택했군. 오, 고빈다, 자네는 항상 내 친구였고, 내가 가는 길을 항상 따라 걸었지. 나는 종종 이런 생각을 했다네. 고빈다도 언젠가는 혼자서, 나 없이 독자적으로 발걸음을 옮기지 않을까, 하고 말이야. 자, 이제 자네는 대장부가 되어, 스스로 자신의 길을 선택하는 걸세. 자네가 그 길을 끝까지 걸어가길 바라네, 친구여! 자네가 해탈을 얻기를 바라네!"

고빈다는 아직 싯다르타의 말뜻을 완전히 알아듣지 못하고 초조한 어조로 되물었다. "이렇게 간청하니, 제발 말 좀 해보게, 나의 박학한 친구여! 자네도 고귀한 부처에게 귀의하겠다고, 다른 방도가 없다고 말일세!"

싯다르타는 고빈다의 어깨에 손을 얹었다. "자네는 내가 해준 축복의 말을 건성으로 들었군, 오, 고빈다. 다시 한번 말하지. 자네가 그 길을 끝까지 걸어가길 진심으로 바라네! 해탈을 얻기를 바라네!"

그 순간 고빈다는 친구가 이미 자신을 떠났다는 것을 깨닫고 울음을 터뜨렸다.

"싯다르타!" 고빈다가 비탄에 잠긴 목소리로 외쳤다.

싯다르타는 친구를 향해 다정한 목소리로 말했다. "고빈다, 자네는 이제 부처의 사문에 속함을 잊지 말게! 자네는 고향집과 부모를 단념했고, 가문과 재산도 단념했으며, 자네의 의지도 단념했고, 우정도 단념한 거야. 그 가르침이 그렇게 하기를 요구하고, 세존이 그렇게 하기를 원하고 있어. 자네가 원한 것이기도 하지. 고빈다, 나는 내일 자네를 떠날 거야."

두 친구는 오랫동안 숲속을 거닐었고, 이어 잠자리에 누워서도 늦도록 잠을 이루지 못했다. 고빈다는 친구에게 왜 고타마의 가르침에 귀의할 수 없는지, 그 가르침에서 어떤 결함이라도 발견했는지 말해달라고 거듭 졸랐다. 그러나 싯다르타는 매번 그를 밀어내며 이렇게 말했다. "그만하게, 고빈다! 세존의 가르침은 더할 나위 없이 훌륭한데, 내가 어떻게 그 가르침에서 결함을 찾겠는가?"

이튿날 이른아침, 부처를 따르는 제자이자 매우 연로한 승려 하나가 장원을 돌아다니며 부처의 가르침에 귀의하기로 한 신참 제자들을 불러모았다. 새로 귀의한 이들에게 누런 법의를 둘러주고 그들의 신분에 맞는 첫 가르침과 규범을 일러주기 위해서였다. 고빈다는 자리에서 일어나 소꿉친구를 다시 한번 포옹하고는 신참 수도승의 행렬에 합류했다.

싯다르타는 상념에 사로잡혀 숲속을 이리저리 거닐었다.

그때 싯다르타는 고타마, 즉 세존과 맞닥뜨리게 되었고, 경외심을 품고서 부처에게 인사를 올렸다. 그리고 선의와 평온함으로 가득한 부처의 눈길을 보고는 용기를 내어, 존귀한 분께 한마디할 수 있게 허락해달라고 간청했다. 세존은 말없이 고개를 끄덕여 허락했다.

싯다르타가 말했다. "오, 세존이시여, 어제 당신의 놀라운 가르침을 들을 기회가 있었습니다. 저와 제 친구는 그 가르침을 듣고자 먼 곳에서 찾아왔지요. 제 친구는 세존께 귀의해, 이제 세존의 제자들과 함께 머물 것입니다. 그러나 저는 순례 여행을 새로이 시작하고자 합니다."

"당신 뜻대로 하십시오." 세존이 정중하게 말했다.

"제 말이 너무 당돌한지도 모르겠습니다." 싯다르타가 말을 이었다. "그러나 세존께 제 생각을 솔직하게 말씀드리지 않은 채 떠나고 싶지는 않습니다. 존귀한 분께서 잠시 제 말을 좀 들어주시겠습니까?"

부처는 말없이 고개를 끄덕여 허락했다.

싯다르타가 말했다. "가장 존귀하신 분이여, 당신의 가르침 중에 특히 경탄을 금할 수 없었던 것이 한 가지 있습니다. 당신의 가르침은 모든 것이 완벽할 정도로 분명하고, 입증되어 있습니다. 당신은 이 세상이 어디에도 끊어진 곳이 없는 완벽한 사슬, 인과관계로 이루어진 영원한 사슬이라고 밝혀주셨습니다. 여태껏 어느 누구도 그러한 사실을 그토록 분명하게 보여준 적이 없고, 또 이론의 여지 없이 제시한 적이 없었습니다. 브라만이라면 누구나 당신의 가르침을 통해 이 세상이 어떤 빈틈도 없이 완전하게 연결되어 있고, 수정처럼 투명하며, 우연에 의존하지 않고, 또 신들에게 의존하지 않는다는 것을 깨닫고 심장이 높게 고동치는 것을 느끼겠지요. 이 세상이 선한가 아니면 악한가, 이 세상에서의 삶이 고통인가 아니면 즐거움인가 하는 문제는 잠시 접어두겠습니다. 아마도 그것은 본질적인 문제가 아닐 듯싶습니다─하지만 이 세상의 단일성, 일어나는 모든 일의 연관성, 모든 크고 작은 것들이 같은 흐름, 같은 인과의 법칙, 사멸의 법칙에 에워싸여 있다는 사실, 오, 완성자시여, 이것이 당신의 존귀한 가르침에서 눈부시게 빛나고 있습니다. 그런데 당신의 가르침에 따르면 만물의 단일성과 필연성이 그럼에도 불구하고 한곳에서 끊어져 있으며, 하나의 작은 틈을 통해 어떤 낯선 것, 어떤 새로운 것, 일찍이 존재하지 않았던 어떤 것, 제시되거나 입증될 수 없던 어떤 것이 이 단일한 세계로 유입되고 있습니다. 바로 이 세상의 극복, 해탈에 관한 당신의 가르침이지요. 그런데 이 작은 틈, 이 작은 균열로 인해 영원하고 단일한 세계의 법칙 전체가 다시 부서지고 폐기되어버립니다. 제가 이러한 이의를 제기하는 것을 부디 용서해주시기 바랍니다."

고타마는 가만히 자리에 앉아 조용히 그의 말을 경청했다. 그러더니 깨달음의 완성자인 그가 온화하고 공손하며 맑은 목소리로 말했다. "그 대는 나의 가르침을 들었군요, 오, 브라만의 아들이여. 그리고 그토록 심오하게 사색하다니 참으로 훌륭합니다. 그대는 그 가르침에서 하나의 틈새, 하나의 오류를 발견했군요. 앞으로도 계속 그 문제를 숙고해보기 바랍니다. 하지만 지식을 갈구하는 그대여, 무성한 의견을, 언쟁을 경계하십시오. 중요한 것은 의견이 아닙니다. 의견은 아름다울 수도 있고 추할 수도 있으며, 현명할 수도 있고 어리석을 수도 있습니다. 누구든 그것을 따를 수 있고 배척할 수도 있습니다. 그러나 그대가 나한 테서 들은 가르침은 하나의 의견이 아니고, 가르침의 목적은 지식을 갈구하는 이들에게 세상을 설명하는 것이 아닙니다. 그 가르침의 목적은 다른 데 있습니다. 바로 번뇌로부터 해탈하는 것입니다. 고타마가 가르치는 것은 다름 아닌 그것입니다."

"오, 세존이시여, 노여워하지 마시길 바랍니다." 젊은 싯다르타가 말했다. "세존과 다투거나 언쟁하려고 그렇게 말한 것은 아닙니다. 중요한 것은 의견이 아니라는 당신의 말씀은 참으로 옳습니다. 하지만 한 가지만 더 말씀드리고 싶습니다. 저는 한순간도 당신을 의심한 적이 없습니다. 당신이 부처이고, 또 당신이 수천의 브라만과 브라만의 아들들이 도달하려고 애쓰는 최고의 목표에 도달했다는 데에, 저는 단 한 순간도 의심을 품지 않았습니다. 당신은 죽음으로부터의 해탈을 얻었습니다. 그러한 해탈은 당신이 스스로 추구하고, 자신의 길을 가고, 사색하고, 침잠하고, 인식하고, 깨달은 끝에 얻은 것입니다. 어떤 가르침을 통해 얻은 것이 아니지요! 오, 세존이시여, 따라서 저는 그 누구도 가르침을 통해 해탈에 이르지는 못한다고 생각합니다! 오, 존귀하신 세존이시여, 당신은 깨달음의 순간에 당신에게 일어난 일을 말이나 가르침으로 다른 사람에게 전할 수 없을 것입니다! 깨달음을 얻은 부처의 가르침은 많은 것을 담고 있습니다. 그 가르침은 많은 사람들에게 올바르게 살고 악을 피하라고 가르치지요. 그러나 그토록 명백하고 그토록 귀한 가르침도 한 가지를 놓치고 있습니다. 바로 세존께서 몸소 체험하셨던 것에 관한 비밀, 수십만 명 중에서 홀로 체험하셨던 그 비밀입니다. 이 점이 바로 세존의 가르침을 들으면서 제가 생각하고 깨달은 점입니다. 이런 이유에서 저는 저의 편력을 계속하고자 합니다—더 나은 다른 가르침을 찾아 떠나는 것이 아닙니다. 그런 가르침은 없다는 사실을 알고 있습니다. 모든 가르침과 스승으로부터 벗어나 저 스스로 제 목표에 이르든지 아니면 죽든지 하기 위해서입니다. 그러나 오, 세존이시여, 저는 오늘 이날을, 제 눈으로 성자를 본 이 순간을 종종 떠올릴 것입니다."

부처의 눈은 조용히 땅바닥을 내려다보고 있었다. 웅숭깊은 그의 얼굴은 온전히 평정을 유지한 채 조용히 빛나고 있었다.

"그대의 생각이 틀리지 않기를 바랍니다!" 세존은 천천히 말을 시작했다. "그대가 목표를 이루기를 바랍니다! 그렇지만 한번 말해보십시오. 그대는 나의 가르침에 귀의한 수많은 사문, 수많은 나의 형제의 무리를 보지 않았습니까? 낯선 사문이여, 그대는 이들 모두가 가르침을 등지고 속세의 생활, 욕정의 생활로 돌아가는 편이 낫다고 생각하는지요?"

"절대로 그렇게 생각하지 않습니다." 싯다르타가 소리쳤다. "그들 모두가 가르침에 머물고, 그들 모두가 목표에 도달하기를 바랍니다! 제가 다른 사람의 삶을 판단하는 것은 온당치 않은 일입니다! 저는 오로지 스스로를 위해, 오로지 저 자신을 위해 판단해야 하고 선택해야 하며 거부해야 할 뿐입니다. 오, 세존이시여, 우리 사문들은 자아로부터 해탈하는 길을 찾고 있습니다. 그런데 제가 당신의 제자가 된다면, 오, 세존이시여, 제 자아가 겉으로만 거짓 안식을 얻게 되거나 거짓 해탈에 이르게 될까 두렵습니다. 실제로는 자아가 계속 살아남아 더 비대해지지나 않을까 두렵습니다. 자칫해 세존의 가르침, 세존을 따르는 것, 세존에 대한 제 사랑, 승려들과의 공동체를 제 자아로 만들어버릴 수도 있기 때문입니다!"

고타마는 반쯤 미소를 머금은 채 흔들림 없이 밝고 다정한 표정으로 낯선 사문 싯다르타의 눈을 들여다보았고, 거의 눈에 띄지 않는 몸짓으로 싯다르타에게 작별을 고했다.

"그대는 영리합니다, 오, 사문이여." 존귀한 자가 말했다. "그대는 지혜롭게 말하는 법도 알고 있군요, 친구여. 지나치게 영리해지지 않도록 경계하십시오!"

이어 부처는 떠나갔다. 그렇지만 부처의 눈길과 반쯤 미소 지은 얼굴은 싯다르타의 기억에서 영원히 지워지지 않을 터였다.

나는 여태까지 저런 시선과 미소를 가진 사람, 저렇게 앉아 있거나 걷는 사람을 보지 못했어. 싯다르타는 생각했다. 정말이지 나도 저렇게 자유로우면서도 저렇게 거룩하게, 저렇게 은은하면서도 저렇게 솔직하게, 저렇게 무구하면서도 신비롭게 바라볼 수 있고 미소 지을 수 있다면, 또 앉기도 하고 걸을 수도 있다면 좋겠군. 정말이지 저런 시선과 걸음걸이는 자기 자신의 가장 심오한 곳에 도달한 사람만이 지닐 수 있을 테지. 그래, 나도 나 자신의 가장 심오한 곳에 이르고자 애써보겠어.

나는 한 사람을 본 거야. 싯다르타는 생각을 이어갔다. 그 앞에 서면 시선을 떨굴 수밖에 없는 유일한 분을 본 거지. 이제부터 나는 다른 누구 앞에서도 시선을 떨구지 않겠다. 그분의 가르침이 나를 유혹하지 못했으니, 이제는 어느 누구의 가르침도 나를 유혹하지 못하리라.

부처는 내게서 무언가를 앗아갔다. 싯다르타는 계속해서 생각했다. 내게서 무언가 앗아갔지만 그 이상의 것을 선사해주었지. 그는 나의 친구를 앗아갔다. 그 친구는 한때 나를 믿었으나 이제는 그분을 믿게 되었고, 한때 나의 그림자였으나 이제는 고타마의 그림자가 되었지. 하지만 그분은 내게 싯다르타를, 즉 나 자신을 선사해주었어.

깨달음

싯다르타는 완성자인 부처가 머무르고 친구 고빈다도 머물러 있는 숲을 떠나면서, 지금까지의 자신의 삶을 그곳에 남겨두고 이제 그 삶과 작별하는 기분이 들었다. 그는 천천히 발걸음을 옮기며 자신의 마음을 가득 채운 이러한 감정에 대해 곰곰이 생각해보았다. 마치 깊은 물속으로 들어가듯 그 감정의 밑바닥까지, 감정의 원인들이 자리한 곳까지 내려가보았다. 그에게는 그 원인을 인식하는 것이 곧 사색으로 여겨졌고, 그렇게 해야만 그의 감정이 인식으로 변해 사라지지 않고, 본질적인 것이 되어 그 속에 있는 빛을 발할 것만 같았다.

싯다르타는 천천히 발걸음을 옮기며 생각에 잠겼다. 이제 그는 자신이 더이상 청년이 아니라 어엿한 장부가 되었음을 깨달았다. 마치 뱀에게서 허물이 떨어져나가듯 어떤 것이 자신을 떠나갔음을, 젊은 시절 내

내 자신을 따라다녔으며 자신의 일부였던 것이 이제는 자신의 마음속에 있지 않음을 확인했다. 바로 스승을 모시면서 가르침을 받겠다는 소망이었다. 그는 수행의 길에서 만난 마지막 스승, 가장 지혜로운 최고의 스승이자 성자인 부처도 떠나왔다. 싯다르타는 부처와도 결별하지 않을 수 없었고, 부처의 가르침을 받아들일 수도 없었다.

싯다르타는 사색에 잠겨 더욱 천천히 걸음을 옮기면서 스스로에게 질문을 던졌다. '네가 스승들과 가르침으로부터 배우려 했던 것이 무엇이며, 네게 그토록 많은 가르침을 주었던 그들조차 도저히 가르쳐줄 수 없던 것이 무엇이었는가?' 그는 답을 찾아냈다. '바로 자아다. 나는 자아의 의미와 본질을 배우려 했던 거야. 나는 다름 아닌 자아로부터 벗어나고자 했고, 그 자아를 극복하고자 했다. 하지만 자아를 극복할 수는 없었지. 다만 기만할 수 있었을 뿐이고, 자아로부터 도망칠 수 있었을 뿐이며, 자아를 피해 숨을 수 있었을 뿐이다. 정말이지 세상 그 어떤 것도 나의 자아만큼, 내가 살아 있다는 이 수수께끼만큼, 내가 다른 모든 사람과 구별되는 남다른 존재라는 수수께끼, 내가 싯다르타라는 이 수수께끼만큼 나를 그토록 많은 상념에 빠지게 한 것은 없었다! 그런데도 나는 나 자신에 대해, 싯다르타에 대해 이 세상 어떤 것보다도 모르고 있다니!'

사색하며 천천히 발걸음을 옮기던 싯다르타는 이런 생각에 사로잡혀 멈춰섰다. 그러나 곧 이 생각에서 벗어났고, 다른 생각, 새로운 생각이 불현듯 떠올랐다. '내가 나 자신에 대해 아무것도 모른다는 것, 싯다르타가 스스로에게 그토록 낯설고 생소한 존재로 남아 있다는 것은 한 가지 원인, 단 한 가지 원인에서 비롯된 일이다. 나는 나 자신을 두려워하고, 나로부터 도망치고 있었던 거지! 나는 아트만을 추구했고, 브라만을 추구했다. 내 자아의 알 수 없는 심층부에서 아트만, 그러니까 생명, 신적인 것, 궁극적인 것을 찾아내기 위해 나는 기꺼이 나의 자아를 산산조각내고 껍질을 벗겨내버렸던 거야. 그러면서 나 자신을 잃어버렸고.'

싯다르타는 눈을 뜨고 주위를 둘러보았다. 얼굴에는 미소가 가득했고, 긴 꿈에서 깨어났다는 깊은 깨달음의 감정이 발가락 끝에 이르기까지 온몸으로 퍼져나갔다. 이어 그는 다시 걷기 시작했고, 곧 자신이 무슨 일을 해야 할지 아는 사람처럼 빠르게 달리기 시작했다.

'오.' 그는 숨을 깊이 들이쉬면서 생각했다. '이제 다시는 싯다르타가 내게서 빠져나가는 일이 없도록 하리라! 이제 다시는 내 생각이나 삶을 아트만이나 세계의 고통 따위로 시작하지 않으리라. 나는 더이상 스스로를 죽이거나 산산조각낸 다음 그 파편 뒤에 있는 비밀을 찾으려 하지 않으리라. 이제 다시는 『요가베다』*의 가르침도, 『아타르바베다』**의 가르침도, 고행자의 가르침이나 그 어떤 가르침도 받지 않으리라. 이제 나는 나 자신한테서 배울 것이고, 나 자신의 제자가 될 것이며, 나 자신을, 싯다르타라는 비밀을 알아낼 것이다.'

그는 마치 처음으로 세상을 보듯 주위를 둘러보았다. 세상은 아름답고, 세상은 다채로우며, 세상은 신기하고 신비로웠다! 여기에 푸른색

---

* 『요가베다』라는 문헌은 실제로 존재하지 않는다. 요가와 베다 철학을 임의로 결합하여 쓴 표현으로 보인다.
** 고대 인도 브라만교의 4대 경전 중 『리그베다』와 더불어 산스크리트어로 기록된 가장 오래된 문서. 신들에 대한 찬가, 재난을 막고 쾌락과 행복을 얻기 위한 주문 등을 담고 있다.

이, 저기에 노란색이, 또 저기에는 초록색이 있었다. 하늘이 흘러가고, 강이 흐르고, 숲과 산이 곧게 솟아 있었다. 모든 것이 아름답고, 모든 것이 불가사의하고 신비해 보였다. 그 한가운데서 싯다르타, 깨달음을 얻은 자가 자기 자신에게로 나아가고 있었다. 그 모든 것, 모든 노란색과 푸른색, 강과 숲이 처음으로 싯다르타의 두 눈을 통해 내면으로 파고들었고, 그 모든 것은 더이상 마라*의 요술도 더이상 마야의 베일**도 아니었으며, 더이상 무의미하고 우연한 현상계의 다양한 모습, 다시 말해 깊이 사색하며 통일성을 추구하는 브라만들이 경멸하는 다양성도 아니었다. 푸른색은 푸른색이고, 강은 강이며, 비록 싯다르타의 내면에 있는 푸른색과 강 속에 단일한 것이자 신적인 것이 숨어 있다 하더라도 여기에 노란색, 저기에 푸른색, 저기에 하늘, 저기에 숲, 그리고 여기에 싯다르타가 있는 것이 바로 신적인 것의 본질이요 의미였다. 사물의 의미와 본질은 사물의 배후 어딘가에 있는 게 아니라 사물 속에, 삼라만상 속에 있었다.

'나는 얼마나 무디고 우둔했던가!' 그는 발걸음을 빠르게 옮기며 생각했다. '어떤 사람이 글을 읽고 그 뜻을 알고자 할 때, 그 사람은 기호나 철자를 무시하지 않으며 그것들을 착각이나 우연, 무가치한 껍데기라고 일컫지 않아. 그 사람은 철자 하나 빠뜨리지 않고 글을 읽고, 연구하며 또 사랑하지. 그런데 나는 이 세상이라는 책과 나 자신의 본질이라는 책을 읽고자 하면서도 내가 추측한 뜻에 사로잡혀 기호와 문자를

---

* 수행을 방해하고 유혹하는 존재.
** '마야'는 세계의 다양성을 불러일으키는 신적인 힘을 의미하고, '마야의 베일'은 다양하게 펼쳐진 세계의 신적인 통일성을 인간이 인식하지 못하도록 하는 원인을 가리킨다.

경멸하고, 눈에 보이는 현상계를 착각이라 일컬으며, 나의 두 눈과 혀를 우연하고 무가치한 가상으로 치부했다. 아니, 이제 그런 일은 끝났고, 나는 미몽에서 깨어났어. 나는 정말로 깨어났고, 오늘에야 비로소 진정으로 태어난 거야.'

싯다르타는 이런 생각을 하다가 마치 발 앞에 뱀이라도 있는 듯 다시 한번 갑자기 멈춰섰다.

문득 분명하게 깨달은 바가 있었다. 스스로를 진실로 방금 눈뜬 자이자 새로 태어난 자라고 한다면, 자신의 삶을 완전히 처음부터 다시 시작해야 한다는 생각이 들었다. 바로 그날 아침, 눈을 뜨고 자기 자신에게로 가고자 세존이 기거하던 기원정사의 숲을 떠났을 때만 해도, 그는 몇 년을 고행하며 보냈으니 이제 고향집으로, 아버지에게로 돌아가야 한다고 생각했고, 그렇게 하는 것이 당연하고 자명하게 여겨졌다. 그러나 지금 이 순간 비로소, 발 앞에 뱀이라도 있는 듯 놀라 멈춰선 순간에야 비로소, 그는 미몽에서 깨어나 새로이 통찰하게 된 것이다. '나는 더이상 과거의 내가 아니고, 더이상 고행자가 아니며, 더이상 사제도 아니고 브라만도 아니다. 집으로 돌아가 아버지 곁에서 도대체 무엇을 하겠다는 건가? 공부? 제사를 드리는 일? 참선을 하는 일? 그 모든 것은 이미 지나간 것이다. 그 모든 것은 더이상 내가 가야 하는 길이 아니다.'

싯다르타는 여전히 꼼짝하지 않고 그 자리에 서 있었는데, 숨 한 번 쉬는 짧은 순간에 심장이 얼어붙는 것 같았다. 마치 한 마리 작은 짐승이나 한 마리 새, 또는 한 마리 토끼라도 된 듯, 자신이 얼마나 고독한 존재인가를 깨닫자 가슴속 심장이 얼어붙는 느낌이 들었다. 그는 여러 해 동안 고향을 떠나 지냈지만, 이런 감정은 느껴본 적이 없었다. 그런데 이제는 느낄 수 있었다. 속세에서 가장 멀리 떨어진 침잠 상태에 있었을 때조차 그는 여전히 아버지의 아들이었고, 고귀한 신분의 브라만이었으며, 정신적인 존재였다. 그러나 지금은 싯다르타, 깨달음을 얻은 자에 불과했고, 그 이상은 아무것도 아니었다. 그는 다시 한번 숨을 깊이 들이마셨고, 한순간 몸이 얼어붙는 듯한 느낌에 몸을 부르르 떨었다. 싯다르타만큼 고독한 사람은 아무도 없었다. 귀족은 같은 부류인 귀족과 어울리고, 직공은 다른 직공과 어울리며, 모두 자기 부류에서 피난처를 찾고 함께 살며 같은 언어를 사용했다. 어떤 브라만도 다른 브라만과 어울리며 함께 살지 않는 사람이 없었고, 어떤 고행자도 사문 계층에서 피난처를 찾지 않는 사람이 없었다. 이 세상에서 가장 의지할 데 없는 숲속의 은둔자조차도 혼자가 아니었고, 같은 무리의 사람들에게 둘러싸여 있었으며 자신에게 고향이 되어주는 어떤 계층에 속해 있었다. 고빈다도 승려가 되었고, 이제 수천의 승려가 그의 형제가 되어 그와 같은 옷을 입고 그와 같은 믿음을 품고 그와 같은 언어를 사용했다. 그러나 싯다르타, 그는 어디에 속할까? 그는 누구와 함께 살아가야 할까? 그는 누구와 같은 언어를 사용하게 될까?

그를 둘러싸고 있던 세계가 녹아 없어지면서 마치 하늘에 떠 있는 별처럼 홀로 서게 된 순간, 냉기와 절망의 그 순간 싯다르타는 자아를 이전보다 더욱 응집시킨 모습으로 벌떡 일어났다. 그는 이것이야말로 깨달음의 마지막 전율이며 탄생의 마지막 경련임을 느꼈다. 이윽고 그는 다시 발걸음을 떼어 빠르고 조급하게 걷기 시작했는데, 더는 집으로 향하는, 아버지에게 가는, 되돌아가는 발걸음이 아니었다.

제2부

일본에 있는 나의 외사촌
빌헬름 군데르트*에게
헌정함

---

* 일본학 학자. 선불교 경전인 『벽암록』을 독일어로 번역하는 등 헤세가 동양의 사상세계를 접하도록 해주었다.

카말라

싯다르타는 한 걸음 한 걸음 옮길 때마다 새로운 것을 배웠다. 세상은 달라 보였고, 그의 마음은 마법에 걸린 듯 매혹되어 있었기 때문이다. 그는 숲이 우거진 산 위로 떠올랐다가 저멀리 종려나무가 늘어선 강변으로 지는 해를 보았다. 밤에는 하늘에서 질서정연하게 빛나는 별들과 마치 푸른 바다를 떠다니는 조각배처럼 떠 있는 초승달을 보았다. 그는 나무, 별, 동물, 구름, 무지개, 바위, 약초, 꽃, 시내와 강, 풀밭에서 반짝이는 아침이슬, 저멀리 푸른빛이 서린 창백한 고산高山들을 보았다. 새들이 노래하고, 벌들이 윙윙거렸으며, 벼가 익어가는 들판에서 바람이 나부끼며 청아한 소리를 냈다. 사실 오색찬란한 이 모든 것은 언제나 그 자리에 있었다. 해와 달은 늘 빛을 발했으며, 강물은 늘 소리 내며 흘렀고, 벌들은 언제나 윙윙거리며 날아다녔다. 그러나 옛날에는 그 모든 것이 싯다르타의 눈에 그저 무상하고 기만적인 베일으로만 보였을 뿐이었다. 그는 모든 것을 불신의 눈으로 바라보았고, 사유로 꿰뚫리고 폐기되어야 하는 운명을 지닌 것이라고 여겼다. 왜냐하면 본질은 눈에 보이는 것 너머에 있기 때문이며 그 모든 것은 본질적인 것이 아니었기 때문이다. 그러나 이제 자유로워진 그의 눈은 이곳 차안의 세계에 머물렀고, 가시적인 것을 보면서 인식했고, 이 세상에서 고향을 찾았으며, 본질적인 것을 추구하지 않고, 피안의 세계로 들어가려 하지 않았다. 이처럼 뭔가를 갈구하지 않고, 참으로 소박하고 참으로 천진난만하게 세상을 있는 그대로 바라보니, 이 세상은 아름다웠다. 달과 별이 아름다웠고, 강물과 강기슭, 숲과 바위, 염소와 황금풍뎅이, 꽃과 나비도 아름다웠다. 이처럼 천진난만한 마음으로, 이처럼 깨달음을 얻고서, 이처럼 주변의 사물에 마음을 열고서, 이처럼 아무 불신도 품지 않고서 만물 속을 걸어다니는 것은 아름답고 기분좋은 일이었다. 머리로 내리쬐는 햇볕도 다르게 느껴졌고, 숲 그늘의 시원함도 예전과 다르게 느껴졌으며, 시냇물과 물통의 물맛도 예전과 다르고, 호박이나 바나나의 맛도 달랐다. 낮과 밤도 짧아진 듯해서, 매 시간이 마치 바다 위 돛단배처럼, 보화와 기쁨으로 가득한 돛단배처럼 쏜살같이 지나갔다. 싯다르타는 천장이 높고 둥근 숲에서 높은 나뭇가지를 타고 이곳저곳으로 옮겨다니는 원숭이 무리를 보았고, 야성적이고 탐욕스럽게 내지르는 소리를 들었다. 싯다르타는 숫양 한 마리가 암양을 쫓아가 교미하는 모습을 보았다. 또 저녁 시간에 갈대가 우거진 호수에서 강꼬치고기가 작은 물고기들을 사냥하는 것도 보았다. 강꼬치고기 앞에서 작은 물고기들은 잔뜩 겁에 질려 파닥거렸고, 반짝이는 비늘을 드러내면서 떼 지어 물위로 뛰어올랐다. 난폭한 사냥꾼 민물고기가 일으키는 격렬한 소용돌이에서는 힘과 정열의 기운이 세차게 뿜어져나왔다.

이 모든 것은 항상 있었는데도, 그는 보지 못했다. 그는 거기에 없었던 것이다. 이제 그는 거기에 머무르며 그 일부가 되었다. 그의 눈에 빛과 그림자가 스며들었고, 그의 마음에 별과 달이 스며들었다.

싯다르타는 길을 가면서 기원정사에서 겪었던 모든 일, 그곳에서 들었던 가르침, 신적인 부처, 고빈다와의 작별, 세존과의 대화를 떠올려보았다. 그는 자신이 세존에게 했던 말도 다시금 하나하나 떠올려보았는데, 지금 와서 보니 그때는 제대로 이해하지도 못한 말들을 했음을 깨닫고 깜짝 놀랐다. 그는 고타마에게 부처, 그분의 보화와 신비는 가르침이 아니라 그가 깨달음의 순간에 체험한 형언할 수 없고 가르칠 수 없는 바로 그것이라고 말했다―바로 그것을 체험하고자 그는 길을 떠났으며, 막 그것을 체험하기 시작한 터였다. 이제 그는 자기 자신을 체험해야 했다. 사실 그는 오래전부터 자기 자신이 아트만이며, 브라만과 똑같이 영원한 본질에서 생겨났음을 알고 있었다. 그러나 사유의 그물로 자신을 붙잡으려 했기 때문에 진정한 자신을 발견할 수 없었던 것이다. 육신도 분명 자기 자신이 아니었고 감각의 유희도 자기 자신이 아니었으며, 마찬가지로 사색, 오성, 습득한 지혜, 결론을 도출하고 이미 생각한 것에서 다른 생각을 자아내는 학습된 능력 역시 자기 자신이 아니었다. 그렇다. 이 사색의 세계 또한 여전히 차안의 세계에 있었고, 감각이라는 우연적인 자아를 죽이면서 다른 한편으로 사유와 학습이라는 우연적인 자아를 살찌운다 한들 얻게 되는 것은 아무것도 없었다. 감각과 사유, 이 두 가지는 모두 좋은 것이었으며 그 배후에는 궁극적인 의미가 숨어 있었다. 그러므로 두 가지 모두 귀기울여 들어볼 가치가 있고, 함께 작용해야 했으며, 그 어느 것도 경시되어서는 안 되고 과대평가되어서도 안 되며, 두 가지 모두에게서 가장 내밀한 진리의 비밀스러운 소리를 들어야 했다. 그는 내면의 소리가 추구하라고 명령하는 것 외에는 아무것도 추구하지 않고자 했고, 내면의 소리가 머물라고 한 곳 외에는 어디에도 머물지 않고자 했다. 부처 고타마는 어떻게 일찍이 그렇게나 많은 시간 중에 하필이면 그때, 보리수 아래에 좌정해 깨달음을 얻을 수 있었는가? 부처는 바로 소리, 자기 내면의 소리, 그 나무에 가서 안정을 얻으라고 명령한 소리를 들었다. 금욕, 제사, 목욕재계나 기도, 먹고 마시는 것, 잠자는 것이나 꿈꾸는 것을 택하지 않고 내면의 소리를 들었던 것이다. 이처럼 외부의 명령이 아니라 오직 내면의 소리에 귀기울이는 것, 이러한 자세를 갖추는 것은 좋은 일이었고 필요한 일이었으며, 그것 말고는 아무것도 필요하지 않았다.

강변에 있는 어느 뱃사공의 초가집에서 잠을 자던 날 밤, 싯다르타는 꿈을 꾸었다. 고빈다가 고행자들이 입는 누런 법의를 걸치고 그 앞에 서 있었다. 고빈다는 슬퍼 보였으며, 슬픈 목소리로 '자네는 왜 나를 떠난 건가?' 하고 물었다. 싯다르타는 고빈다를 포옹하면서 팔로 그를 휘감아 품에 끌어안고 입을 맞추려 했는데, 그 순간 상대가 고빈다가 아니라 옷 위로 풍만한 가슴이 봉긋 솟은 여인임을 알아차렸다. 싯다르타는 여인의 가슴에 몸을 기대고 젖을 빨았다. 가슴에서 나오는 젖은 감미롭고 강렬했다. 남자와 여자, 해와 숲, 동물과 꽃, 그리고 온갖 과일 맛이 났고, 온갖 쾌락의 맛이 났다. 젖은 그를 취하게 하고 몽롱하게 만들었다―꿈에서 깨어나자, 초가집 문틈으로 창백한 강물이 희끄무레

한 빛을 내며 흘러가는 모습이 눈에 들어왔고, 숲속에서는 어두운 음색의 부엉이 울음소리가 은은하고 아름답게 들려왔다.

날이 밝자 싯다르타는 잠자리를 내준 뱃사공한테 강 건너편으로 데려다달라고 부탁했다. 뱃사공은 싯다르타를 대나무 뗏목에 태워 강을 건네주었다. 강의 광활한 수면은 아침햇살을 받아 불그스름한 빛으로 반짝였다.

"아름다운 강이로군요." 싯다르타가 그를 태워준 뱃사공에게 말했다.

"그렇습니다." 뱃사공이 말했다. "정말 아름다운 강이죠. 저는 이 강을 그 무엇보다 사랑한답니다. 자주 이 강에 귀기울이고, 자주 이 강의 눈을 들여다보며, 늘 이 강으로부터 배움을 얻습니다. 우리는 강으로부터 많은 것을 배울 수 있죠."

"정말 고맙습니다, 은인이시여." 강 건너편에 이르자 싯다르타가 말했다. "그런데 저는 당신께 고마움을 표할 선물도 없고, 드릴 수 있는 뱃삯도 없군요. 저는 고향을 떠난 정처 없는 자, 브라만의 아들이자 사문입니다."

"알고 있습니다." 뱃사공이 말했다. "그리고 당신에게 어떤 보상이나 선물을 기대하지도 않았습니다. 언젠가 당신이 내게 보답을 할 때가 올 것입니다."

"그렇게 생각하십니까?" 싯다르타는 기뻐하며 말했다.

"그럼요. '모든 것은 되돌아온다!' 이것 역시 강으로부터 배운 것이죠. 그대 사문도 다시 돌아올 것입니다. 그럼 안녕히 가세요! 그대와의 우정을 뱃삯으로 삼겠습니다. 신들께 제사를 올릴 때 나도 기억해주기 바랍니다."

두 사람은 미소를 지으며 헤어졌다. 싯다르타는 뱃사공의 우정과 친절에 기뻐져서 미소를 지었다. '저 사람은 고빈다와 똑같군.' 그는 미소를 띠며 생각했다. '내가 길에서 만난 사람들은 모두 고빈다 같아. 그들 모두가 감사를 받아야 할 입장인데도 오히려 내게 감사하는 마음을 품지. 모두 겸손하고, 모두 친구가 되고자 하며, 모두 순복하려 하고, 생각 같은 것은 별로 하지 않는 사람들이야. 어린아이 같은 사람들이지.'

정오 무렵, 싯다르타는 어느 마을을 지나가게 되었다. 토담집들 앞으로 난 골목에서 아이들이 뒹굴며 놀고 있었는데, 호박씨나 조개껍질을 갖고 놀기도 하고 소리를 지르며 서로 옥신각신하기도 했다. 그러던 아이들은 낯선 사문을 보고는 겁을 집어먹고 다들 도망쳐버렸다. 길은 마을 끝에서 개울을 가로질러 나 있었는데, 개울가에 젊은 아낙 하나가 무릎을 꿇고 앉아 빨래를 하고 있었다. 싯다르타가 인사를 건네자, 여인은 미소를 띤 채 고개를 들어 그를 올려다보았다. 그때 그는 여인의 눈에서 흰자위가 반짝거리는 것을 보았다. 싯다르타는 나그네들이 으레 하는 축복의 인사를 건네고 나서, 큰 도시에 이르려면 얼마나 더 가야 하는지 물었다. 그러자 여인은 자리에서 일어나더니 싯다르타에게 다가왔다. 여인의 앳된 얼굴에서 촉촉한 입술이 아름답게 반짝였다. 여인은 싯다르타에게 농담을 건네면서 식사를 했는지 물었고, 또 사문들은 정말로 밤에 숲속에서 혼자 잠을 자며 여자를 가까이해서는 안 되는지 물었다. 그러면서 자신의 왼발을 그의 오른발 위에 올리며, 여자가 남자에게 일종의 사랑의 향락을 요구할 때 취하는 몸짓을 했다. 사랑의 교과서*에서 소위 '나무 타기'라고 부르는 몸짓이었다. 싯다르타는 몸속에서 피가 끓어오르는 것을 느꼈고, 그 순간 어젯밤 꿈이 떠올라 여인 쪽으로 약간 허리를 굽히고는 갈색을 띤 그녀의 젖꼭지에 입을 맞추었다. 고개를 들자, 여인의 얼굴은 욕망으로 가득한 미소를 흘리고 있었고 가느다랗게 뜬 두 눈은 욕정에 젖어 애원하는 듯 보였다.

싯다르타 역시 갈망을 느꼈고, 성욕의 원천이 꿈틀거리는 것을 느꼈다. 그러나 그는 그때까지 한 번도 여자를 접해본 적이 없었기에, 두 손은 벌써 그녀를 붙잡을 준비가 되어 있었음에도 한순간 머뭇거리고 말았다. 그리고 그 순간 그는 '안 돼'라고 말하는 내면의 소리를 듣고 깜짝 놀라 전율했다. 그러자 젊은 여인의 미소 띤 얼굴에서 모든 매력이 사라지고 발정난 암컷의 촉촉한 눈만 보일 뿐이었다. 싯다르타는 다정하게 여인의 뺨을 어루만져주고는 몸을 돌렸고, 실망한 여인을 뒤로한 채 가벼운 발걸음으로 대나무숲 안으로 사라졌다.

이날 저녁이 되기 전에 싯다르타는 큰 도시에 이르렀고, 사람이 그리웠던 터라 기뻤다. 그는 참으로 오랫동안 숲속에서 살아왔고, 뱃사공의 초가에서 보낸 지난밤은 몇 년 만에 처음으로 머리 위에 지붕을 두고서 잠을 잔 밤이었다.

방랑자는 도시에 다다라 아름다운 울타리로 둘러싸인 어느 작은 장원을 지나다가, 그곳에서 바구니를 들고 가는 하인과 하녀의 행렬을 만났다. 네 하인이 메고 가는 잘 단장된 가마 안에는 여주인으로 보이는 여인이 알록달록한 해가리개 아래 붉은 방석에 앉아 있었다. 싯다르타는 장원 입구에 멈춰선 채 행렬을 구경했으며, 하인과 하녀, 바구니를

---

* 고대 인도의 성애에 관한 문헌인 『카마수트라』를 가리킨다.

바라보고, 또 가마와 가마에 탄 여인을 바라보았다. 높이 틀어올린 검은 머리카락 아래로 아주 밝고, 아주 우아하고, 아주 영리해 보이는 여인의 얼굴이 보였다. 붉은 입술은 막 터진 무화과 열매 같았고, 눈썹은 휘어진 활 모양으로 곱게 손질되어 있었으며, 까만 눈동자는 영리하고 사려 깊어 보였다. 녹색과 금색 겉옷 위로 희고 긴 목덜미가 솟아 있었고, 길고 가느다란 하얀 두 손은 무릎 위에 단정히 놓여 있었는데 손목에는 폭이 넓은 황금 팔찌를 끼고 있었다.

싯다르타는 무척이나 아름다운 여인의 모습을 보자 가슴에 기쁨이 차오르는 것을 느꼈다. 가마가 가까이 다가왔을 때, 그는 몸을 낮게 숙여 인사했고, 다시 머리를 들어 그녀의 화사하고 고상한 얼굴을 쳐다보면서 활 모양으로 휘어진 눈썹 아래 영리하게 반짝이는 눈빛을 보았으며, 또 일찍이 알지 못했던 향기로운 숨결을 느꼈다. 아름다운 여인은 한순간 미소를 지으며 고개를 끄덕이더니 장원 안으로 자취를 감추었고, 이어 그녀를 뒤따르던 하인들도 사라져버렸다.

나는 좋은 징조와 함께 이 도시에 들어섰구나, 싯다르타는 생각했다. 그는 곧바로 장원으로 들어가고 싶은 충동을 느꼈으나 잠시 스스로를 돌아보았고, 그제서야 입구에 서 있는 자신의 모습을 하인들과 하녀들이 어떤 눈초리로 쳐다보았는지 떠올랐다. 그 눈빛은 경멸의 눈초리, 불신의 눈초리, 거절의 눈초리였다.

나는 아직 사문이다, 그가 생각했다. 나는 여전히 고행자고 탁발하는 거지에 불과해. 계속 이런 꼴을 하고 있어서는 곤란하지. 이래서는 장원에 들어갈 수 없어. 그런 생각을 하자 그는 웃음이 났다.

싯다르타는 길을 걸어오는 사람에게 장원과 여인의 이름에 대해 물어보았고, 그 장원이 카말라*라는 유명한 고급 창부의 장원이며 이 장원 말고도 도시에 그녀의 저택이 하나 더 있다는 사실을 알게 되었다.

그러고서 싯다르타는 도시로 들어섰다. 그에게는 하나의 목표가 생겼다.

그는 이 목표를 좇아 도시에 몸을 내맡기고는 그곳으로 휩쓸려 들어갔고, 거리의 인파에 떠밀려 다니다가 작은 광장에 멈춰서기도 하고 강가의 돌계단에서 휴식을 취하기도 했다. 저녁 무렵, 싯다르타는 지붕이 둥근 건물의 그늘에서 일하던 한 이발소 조수와 알게 되었다. 후에 그 조수가 비슈누 사원에서 기도 드리는 모습을 보고는 비슈누와 락슈미**에 관한 이야기를 들려주기도 했다. 그날 밤 싯다르타는 강가의 조각배에서 잠을 청했고, 다음날 아침 일찍, 첫 손님이 이발소에 찾아오기 전에 전날 친구가 된 조수에게 가서 수염을 깎고 머리카락을 자른 뒤, 빗질을 하고 좋은 머릿기름도 발랐다. 그러고 나서 강으로 가 목욕을 했다.

늦은 오후, 아름다운 카말라가 가마를 타고 다시 그녀의 장원에 이르렀을 때, 싯다르타는 장원 입구에 서 있다가 고개 숙여 인사했고, 그녀의 답례 인사를 받았다. 그는 행렬 맨 뒤에 있는 하인을 불러세우고는 여주인에게 젊은 브라만이 간절히 대화를 나누고 싶어한다는 말을 전해달라고 부탁했다. 잠시 후 하인이 되돌아와서 기다리던 그에게 자

---

* 인도신화에 나오는 사랑과 애욕의 신 카마를 연상시키는 이름. 신화에서 카마는 사랑의 화살을 쏘아 시바의 명상을 방해하다가 불에 타서 죽는다.
** 비슈누는 힌두교의 세 주신 중 하나로, 정의와 평화의 신이다. 락슈미는 미와 행운의 여신으로 비슈누의 아내다.

기를 따라오라고 한 다음 말없이 어느 정자로 안내했는데, 카말라는 그곳 휴식용 침상에 누워 있었다. 하인은 싯다르타를 카말라 곁에 홀로 남겨두고는 자리를 떠났다.

"당신은 어제도 바깥에 서 있다가 내게 인사하지 않았나요?" 카말라가 물었다.

"그렇습니다. 어제 당신을 보았고 인사도 했지요."

"하지만 어제는 수염도 깎지 않았고 머리카락도 긴데다 먼지투성이였던 것 같은데요?"

"당신은 훌륭하게 관찰하고, 모든 것을 제대로 보셨군요. 당신이 어제 본 사람은 싯다르타, 브라만의 아들로 사문이 되려고 고향을 떠나 삼 년 동안 사문으로 살았던 인물입니다. 하지만 나는 이제 사문의 길을 떠나 이 도시로 왔고, 도시에 들어서기 직전에 처음 만난 사람이 바로 당신이었어요. 카말라여, 당신을 찾아온 것은 바로 이 말을 하기 위해서입니다! 당신은 싯다르타가 눈을 내리깔지 않고 말을 거는 첫 여인입니다. 앞으로는 행여 아름다운 여인을 만난다 해도 결코 눈을 내리깔지 않을 것입니다."

카말라는 미소를 지으면서 공작깃으로 만든 부채를 만지작거렸다. 그러더니 이렇게 물었다. "그러니까 싯다르타는 단지 그 말을 하기 위해 나를 찾아왔다는 건가요?"

"당신에게 이 말을 하기 위해, 또 당신이 참으로 아름다운 것에 대해 감사드리기 위해 왔습니다. 그리고 괜찮다면, 카말라여, 나의 친구, 나의 선생이 되어달라 청하고 싶군요. 나는 당신이 통달한 그런 방면의 기술에 대해서는 아직 아무것도 모르기 때문입니다."

그러자 카말라는 크게 웃었다.

"친구여, 숲에서 온 사문이 내게 찾아와 무엇을 배우겠다고 한 적은 여태껏 한 번도 없었어요! 긴 머리카락에 낡고 해진 치부가리개만 걸친 사문이 찾아온 적도 처음이고요! 많은 젊은이들이 나를 찾아오고, 그중에는 브라만의 아들도 있답니다. 하지만 모두가 아름다운 옷을 입고 멋진 신발을 신고 머리에는 향내 나는 좋은 기름을 바르고 지갑에 돈을 두둑이 넣고 찾아오지요. 이보세요, 사문이여, 나를 찾아오는 젊은이들은 모두 그렇게 하고 온답니다."

싯다르타가 말했다. "나는 벌써 당신에게 배우기 시작했습니다. 어제도 벌써 배운 바가 있었지요. 나는 수염을 깎았고, 머리도 빗질을 한 다음 이렇게 기름까지 발랐습니다. 훌륭한 이여, 내게는 이제 부족한 것이 별로 없습니다. 멋진 옷, 멋진 신발, 지갑 속의 돈이 없을 뿐이지요. 들어보세요, 싯다르타는 그런 사소한 것보다 훨씬 어려운 목표들을 정하고 이루어냈습니다. 그러니까 어제 마음먹은 일, 즉 당신의 친구가 되고 당신에게 사랑의 기쁨을 배우겠다고 결심한 일을 이루어내지 못할 이유가 뭐가 있을까요? 당신은 내가 잘 배우는 사람이라는 걸 알게될 겁니다, 카말라여. 나는 당신이 내게 가르쳐줘야 하는 것보다 더 어려운 것들을 배워왔기 때문이지요. 그런데 머리에 기름은 발랐지만 옷도 없고 신발도 없고 돈도 없는 이 싯다르타는 당신 마음에 차지 않는다는 말인가요?"

카말라는 웃음을 터뜨리며 소리쳤다. "그래요, 사랑스러운 분, 그런 모습의 손님은 아직 마음에 차지 않아요. 내 마음에 들려면 옷, 그것도 멋진 옷을 입어야 하고, 신발, 그것도 멋진 신발을 신어야 하며, 지갑에 돈을 두둑이 채워야 하고, 카말라에게 줄 선물도 가져와야 해요. 숲에서 온 사문이여, 이제 아시겠어요? 내 말을 잘 새겨들었나요?"

"잘 새겨들었습니다." 싯다르타가 소리쳤다. "이렇게 어여쁜 입에서 나오는 말을 어찌 명심하지 않을 수 있겠습니까! 그대의 입술은 방금 터진 무화과 열매 같군요, 카말라. 나의 입술도 역시 붉고 신선하니, 당신 입술에 잘 어울릴 겁니다. 당신도 곧 알게 될 테지요―그런데 아름다운 카말라여, 당신은 사랑하는 법을 배우고자 숲에서 온 사문이 전혀 두렵지 않습니까?"

"내가 왜 사문을 두려워하겠어요? 그것도 자칼의 무리에서 빠져나왔고 여자라고는 전혀 알지 못하는, 숲에서 온 어리숙한 사문을?"

"오, 당신 앞에 있는 사문은 강하고 아무것도 두려워하지 않습니다. 이 사람은 당신을 굴복시킬 수도 있어요, 아름다운 여인이여. 이 사람은 당신이 지닌 것을 강탈할 수도 있지요. 당신에게 고통을 줄 수도 있을 겁니다."

"그렇지 않아요, 사문이여, 나는 그런 것은 두렵지 않아요. 혹시 사문이나 브라만 중에 다른 누군가가 와서 자기를 압도하고 자신의 학식, 자신의 신앙심, 자신의 통찰력을 빼앗아갈까 두려워하는 사람이 있나요? 그렇지 않겠죠. 그 까닭은 그러한 것들이 이미 그 사람에게 속해 있기 때문이에요. 그런 사람은 자신이 주고 싶은 것만 내어주고, 또 주고 싶은 사람에게만 내어주는 법이죠. 그래요, 카말라도 그렇고, 카말라가 가진 사랑의 기쁨도 마찬가지랍니다. 카말라의 입술은 아름답고 붉어요. 하지만 카말라의 뜻을 거스르고 강제로 입맞추려고 한다면 당신은 그렇게 많은 감미로움을 줄 수 있는 그 입에서 단 한 방울의 감미로움도 얻지 못할 거예요! 당신은 잘 배우는 분이니, 싯다르타, 이것도 배우도록 하세요. 사랑이란 애원해서 얻을 수도, 돈으로 살 수도, 선물로 받을 수도, 길거리에서 발견할 수도 있어요. 하지만 강탈할 수는 없답니다. 당신은 잘못된 길을 생각해낸 거예요. 아니, 당신같이 아름다운 젊은이가 그런 잘못된 방식으로 사랑을 취하려고 한다면 참으로 유감스러운 일일 테죠."

싯다르타는 미소를 지으며 몸을 숙였다. "유감스럽겠군요, 카말라, 당신 말이 맞아요! 정말로 유감스럽겠지요. 아니, 당신 입에서 나오는 감미로움을 내가 한 방울도 놓쳐서는 안 되고, 내 입에서 나오는 감미로움을 당신도 하나도 놓쳐서는 안 됩니다! 그러니 이렇게 하지요. 이 싯다르타는 지금 없는 것, 즉 옷이며 신발이며 돈을 갖추고 나서 다시 찾아오겠습니다. 그런데 아름다운 카말라여, 내게 작은 조언을 하나 더 해줄 수 있겠습니까?"

"조언이라고요? 왜 안 되겠어요? 숲속 자칼의 무리를 떠나온 가난하고 세상 물정 모르는 사문에게 조언해주고 싶지 않은 이가 어디 있겠어요?"

"사랑하는 카말라, 그러면 어디로 가야 당신이 말한 세 가지를 가장 빨리 얻을 수 있는지 내게 조언해주겠습니까?"

"친구여, 많은 이들이 그것을 알고 싶어하죠. 당신은 그동안 배운 것을 행하고 그 대가로 돈과 옷과 신발을 얻어야 해요. 가난한 사람은 다른 방식으로는 돈을 구할 수 없지요. 당신은 무엇을 할 수 있나요?"

"나는 사색할 줄 압니다. 나는 기다릴 줄 압니다. 나는 단식할 줄 압니다."

"다른 것은요?"

"아무것도 없군요. 그렇지만 나는 시도 쓸 줄 압니다. 내가 시 한 편을 지으면 그 대가로 내게 입맞춤을 한 번 해주겠습니까?"

"당신의 시가 내 마음에 들면 그렇게 하죠. 그 시의 제목이 뭔가요?"

싯다르타는 잠시 곰곰이 생각하더니 이런 시를 읊었다.

아름다운 카말라가 녹음이 우거진 자신의 장원에 들어서는데,
장원 입구에 갈색으로 그은 사문이 서 있네.
사문은 활짝 피어난 연꽃 같은 그녀를 보고,
고개 숙여 인사했고, 카말라는 미소 지으며 답례했지.
그러자 젊은이는 생각했다네, 신들에게 헌신하는 것보다,
아름다운 카말라에게 헌신하는 것이 더 좋은 일이라고.

카말라는 크게 손뼉을 쳤는데, 그 바람에 황금 팔찌가 소리를 내며 울릴 정도였다.

"당신의 시는 아름답군요, 갈색 피부의 사문이여. 그 시의 대가로 당신에게 입맞춤을 한다고 해도 손해볼 건 없겠어요."

카말라는 눈짓으로 그를 다가오게 했고, 그는 자신의 얼굴을 그녀의 얼굴 위에 포개고는 입술을 방금 터진 무화과 열매 같은 그녀의 입술에 갖다댔다. 카말라는 오랫동안 그에게 입맞춰줬고, 싯다르타는 그녀가 어떻게 자신을 가르치는지, 그녀가 얼마나 슬기로운지, 그녀가 어떻게 자신을 조종하는지, 그녀가 어떻게 자신을 밀어냈다가 다시 유혹해 끌어당기는지, 그리고 첫 입맞춤 이후로 질서정연하고 능란한 입맞춤

이 각각 얼마나 다채로운 모습으로 그를 기다리는지 느끼면서 마음속으로 찬탄을 금치 못했다. 그는 숨을 깊이 내쉬면서 그 자리에 섰고, 그 순간 풍성한 지식과 배울 가치가 있는 무수한 것들이 눈앞에 펼쳐지는 것을 보고는 어린아이처럼 놀라워했다.

"당신의 시는 참으로 아름다워요." 카말라가 소리쳤다. "내가 부자라면 그 시의 대가로 당신에게 금화를 줄 거예요. 그러나 시로는 당신이 필요로 하는 만큼 많은 돈을 벌기 어려울 것 같네요. 카말라의 친구가 되려면 많은 돈이 필요하거든요."

"당신의 입맞춤은 정말 감미로워요, 카말라!" 싯다르타가 더듬거리며 말했다.

"그럼요, 입맞춤은 내가 할 수 있는 일이죠. 그 덕에 내게는 옷도, 신발도, 팔찌도 그리고 온갖 좋은 것들이 부족하지 않아요. 그런데 당신은 어떻게 할 건가요? 사색하고, 단식하고, 시를 짓는 것 말고는 할 줄 아는 게 없나요?"

"나는 제의의 노래를 부를 수 있어요." 싯다르타가 말했다. "하지만 그런 노래들은 다시는 부르지 않을 겁니다. 주문도 욀 수 있지만, 이제는 외지 않을 생각이에요. 나는 또 경전들도 읽었고……"

"잠깐만요." 카말라가 싯다르타의 말을 가로막았다. "당신은 글을 읽을 줄 아나요? 그리고 글을 쓸 수도 있나요?"

"물론 할 수 있지요. 그런 건 많은 사람이 할 수 있습니다."

"대부분의 사람들은 읽고 쓰는 법을 몰라요. 나도 할 줄 모르고요. 당신이 글을 읽고 쓸 수 있다니, 정말 좋은 일이네요. 주문도 써먹을 데가 있을 거예요."

바로 그 순간 하녀 하나가 뛰어오더니 여주인에게 귓속말로 전갈을 속삭였다.

"손님이 찾아왔어요." 카말라가 소리쳤다. "얼른 일어나 가세요, 싯다르타. 당신이 이곳에 있는 걸 누가 보면 곤란하다는 걸 명심하세요! 우리는 내일 다시 보기로 해요."

그러면서 카말라는 하녀더러 이 경건한 브라만에게 하얀 겉옷을 가져다주라고 지시했다. 싯다르타는 영문도 모른 채 하녀에게 이끌려 이리저리 돌고 돌아서 정자가 있는 곳으로 갔고, 거기서 겉옷을 선사받고는 우거진 수풀 속으로 인도되었다. 그리고 가능하면 누구의 눈에도 띄지 않고 그 장원에서 떠나달라는 간절한 당부를 받았다.

그는 기분이 좋아져서 하녀의 말에 따랐다. 익숙한 숲이었으므로 그는 아무 소리도 내지 않고 장원에서 빠져나와 울타리를 넘었다. 그리고 만족스러운 기분으로 둘둘 만 옷을 옆구리에 낀 채 시내로 돌아갔다. 이어 여행자들이 묵는 한 여인숙 대문에 서서 말없이 먹을 것을 청했고, 말없이 떡 한 조각을 받아들었다. 그러면서 내일부터는 그 누구에게도 먹을 것을 청하지 않겠다고 다짐했다.

갑자기 그의 마음속에 자부심이 불타올랐다. 그는 더이상 사문이 아니었고, 구걸은 더이상 그에게 어울리는 일이 아니었다. 그는 떡을 개에게 던져주고는 음식을 먹지 않았다.

'이 세상에서 사람들이 영위하는 삶이란 단순하군.' 싯다르타는 생각했다. '아무 어려움이 없어. 내가 사문이었을 때는 모든 것이 어렵고, 모든 것이 힘겨웠으며 모든 일에 희망이 없었지. 지금은 모든 것이 쉬워졌어. 카말라가 내게 가르쳐준 입맞춤만큼이나 모든 일이 쉬워. 나는 옷과 돈이 필요할 뿐, 그 외에는 어떤 것도 필요하지 않다. 이는 작고 가까운 목표라 잠을 방해받을 일도 없어.'

싯다르타는 이미 오래전 시내에 있는 카말라의 저택을 파악해두었던 터라 다음날 그곳으로 찾아갔다.

"일이 잘 풀리고 있어요." 카말라가 그를 향해 소리쳤다. "카마스바미*가 집에서 당신을 기다리고 있어요. 이 도시에서 가장 부유한 상인이죠. 당신이 마음에 들면 그 사람은 바로 당신을 고용할 거예요. 지혜롭게 행동하세요, 갈색 피부의 사문이여. 나는 다른 사람들을 통해 당신 이야기를 전했어요. 그 사람에게 정중하게 대하세요, 아주 막강한 권한을 가진 사람이니까요. 하지만 지나치게 비굴할 필요는 없어요! 나는 당신이 그 사람의 하인이 되는 것은 원치 않거든. 그 사람과 대등한 사람이 되세요. 그렇지 않으면 나는 당신에게 만족하지 못할 거예요. 카마스바미는 이제 나이가 들어 편하게 살고 싶어해요. 당신이 마음에 들면, 그 사람은 당신에게 많은 일을 맡길 거예요."

싯다르타는 그녀에게 고마움을 표하며 웃어 보였다. 그녀는 싯다르타가 어제와 오늘 아무것도 먹지 않은 것을 알고는 빵과 과일을 가져오게 해서 대접했다.

"당신은 운이 좋았어요." 헤어질 때 그녀가 말했다. "당신 앞에 문이 하나씩 열리는군요. 어떻게 일이 이렇게 풀리는 거죠? 당신이 마법이라도 부리는 건가요?"

싯다르타가 말했다. "어제 당신한테 나는 사색하고, 기다리고, 또 단

---

* 애욕의 신 카마와 '재산가'라는 의미의 스바미를 합친 것으로 추측된다.

식할 줄 안다고 말했지요. 그리고 당신은 그런 것이 아무 쓸모 없다고 생각했고요. 그런데 그런 능력은 상당히 쓸모가 있어요, 카말라. 당신은 그 사실을 알게 될 겁니다. 숲에서 지내는 미련한 사문들이 당신들은 할 수 없는 그런 많은 근사한 것을 배우고 또 실행할 수 있다는 사실을 목격하게 될 거예요. 그저께까지만 해도 나는 털북숭이 비렁뱅이에 불과했지만, 어제 벌써 카말라 당신과 입맞춤을 했고, 이제는 곧 상인이 되어 돈과 당신이 소중히 여기는 모든 것을 갖게 되겠지요."

"그렇겠죠." 그녀는 싯다르타의 말에 동의했다. "하지만 만약에 내가 없다면 어떨까요? 만약 이 카말라가 당신을 돕지 않는다면 당신은 어떻게 될까요?"

"사랑하는 카말라." 싯다르타는 몸을 똑바로 일으켜세우며 말했다. "내가 당신을 찾아 장원으로 갔을 때, 나는 첫걸음을 내디딘 겁니다. 가장 아름다운 여인에게서 사랑을 배우겠다는 것이 내 결심이었지요. 그렇게 결심한 순간부터, 내가 그 일을 이루어내리라는 것도 알고 있었어요. 당신이 나를 도와줄 것도 알고 있었고 말입니다. 당신의 장원 입구에서 당신과 처음 눈길이 마주친 순간부터 나는 그 사실을 알고 있었습니다."

"하지만 만약 내가 도울 생각이 없었다면 어땠을까요?"

"당신은 돕고자 했지요. 자, 보세요. 이것 봐요, 카말라. 당신이 돌멩이 하나를 물속에 던지면, 돌멩이는 곧장 밑바닥에 가라앉죠. 싯다르타가 하나의 목표를 세우면, 하나의 결심을 하면 바로 그렇게 되는 겁니다. 싯다르타는 아무것도 하지 않아요. 다만 기다리고, 사색하고, 단식할 뿐. 하지만 아무것도 하지 않아도, 손가락 하나 까딱하지 않아도, 마치 물속을 통과하는 돌멩이처럼 세상의 모든 것을 관통하게 됩니다. 그는 이끌리는 대로, 떨어지는 대로 자신을 내맡겨요. 그는 목표를 가로막는 것은 어떤 것도 영혼에 들어오지 못하게 하기 때문에 목표가 그를 끌어당깁니다. 이게 바로 싯다르타가 사문들에게 배운 것이지요. 어리석은 사람들은 이를 마법이라 부르고, 마귀들이 부리는 조화라고도 해요. 그러나 어떤 것도 마귀들의 조화로 이루어지지 않을뿐더러 마귀란 존재하지도 않습니다. 그 누구라도 사색할 줄 알고 기다릴 줄 알고 단식할 줄 안다면, 마법을 행할 수 있고 자신의 목표에 다다를 수 있는 법입니다."

카말라는 싯다르타의 말에 귀를 기울였다. 그녀는 그의 목소리를 사랑했고, 그의 눈매를 사랑했다.

"어쩌면 그럴지도 모르겠군요." 그녀가 나직하게 말했다. "당신 말이 사실일지도 몰라요, 친구여. 하지만 어쩌면 싯다르타가 근사한 남자라서, 여인들이 그의 눈길을 마음에 들어해서 행운이 찾아오는 건지도 모르죠."

싯다르타는 그녀에게 작별의 입맞춤을 했다. "그런 거라면 좋겠군요, 나의 선생이여. 언제까지나 나의 눈길이 당신 마음에 들어서, 언제나 그대로부터 행운이 나를 찾아오기를!"

어린아이 같은 사람들 곁에서

싯다르타는 상인 카마스바미의 집을 찾아갔고, 부유한 집 안으로 안내를 받았다. 하인들은 값비싼 양탄자가 깔린 복도를 지나 어떤 방으로 그를 안내했고, 거기서 그는 집주인을 기다렸다.

카마스바미가 방으로 들어왔다. 아주 희끗희끗한 머리카락에 영리하고도 신중한 눈매와 탐욕스러운 입을 가진, 민첩하고 수완 좋아 보이는 남자였다. 주인과 손님은 서로 다정하게 인사를 나누었다.

"내가 들은 바에 따르면," 상인이 입을 열었다. "당신은 브라만 출신의 학자인데, 상인한테서 일자리를 찾고 있다고 하더군요. 브라만이여, 일자리를 구해야 할 정도로 궁핍한 상태인지요?"

"그렇지 않습니다." 싯다르타가 대답했다. "나는 궁핍한 상태도 아니고, 이전에도 곤궁했던 적이 없습니다. 오랫동안 사문들과 함께 살다가 사문 생활을 청산하고 온 겁니다."

"당신이 사문들과 생활하다가 온 거라면, 어찌 궁금하지 않을 수 있습니까? 사문은 아무것도 가진 게 없는 사람 아닌가요?"

"나는 가진 게 없습니다." 싯다르타가 말했다. "당신의 말이 그런 뜻이라면 말입니다. 나는 분명 아무것도 가진 게 없는 사람입니다. 하지만 자발적으로 택한 것이니, 궁핍하다고는 할 수 없지요."

"그런데 가진 게 없다면 당신은 무엇으로 살아갈 작정입니까?"

"그 문제는 아직 생각해보지 않았습니다, 주인장. 나는 삼 년 넘게 가진 것 없이 살아왔고, 무엇으로 살아가야 할지 생각해본 적이 없습니다."

"그렇다면 당신은 다른 사람이 소유한 것으로 살아왔군요."

"어쩌면 그렇다고 할 수도 있을 겁니다. 그렇지만 사실 상인도 다른 사람들의 소유물로 살아가고 있지요."

"맞는 말씀입니다. 하지만 상인은 남의 것을 거저 얻지 않습니다. 그 대가로 자신의 물건을 내주지요."

"정말로 다들 그런 것 같군요. 누구나 남에게 받기도 하고, 남에게 내주기도 해요. 삶이란 그런 거죠."

"실례되는 질문일지도 모르겠지만, 당신은 소유한 것이 없는데 무엇을 줄 수 있나요?"

"사람은 누구나 자신이 가진 것을 내주는 법이죠. 전사는 힘을 내주고, 상인은 상품을 내주며, 선생은 가르침을, 농부는 쌀을, 어부는 물고기를 내줍니다."

"정말 그렇군요. 그런데 당신이 지금 줄 수 있는 것은 무엇이지요?

당신이 배운 것, 당신이 할 수 있는 것이 뭡니까?"

"나는 사색할 줄 압니다. 나는 기다릴 줄 압니다. 나는 단식할 줄 압니다."

"그게 전부입니까?"

"그게 전부라고 생각합니다!"

"그런데 그것들이 어디에 쓸모가 있나요? 이를테면 단식 같은 것— 단식은 어디에 도움이 되죠?"

"단식은 매우 도움이 됩니다, 주인장. 먹을 것이 없을 때 사람이 할 수 있는 가장 현명한 일이 바로 단식입니다. 예를 들어 싯다르타가 단식하는 법을 배우지 않았더라면 당신한테서든 다른 누구한테서든 오늘이 가기 전에 당장 아무 일자리나 얻어야 했겠지요. 배고픔 때문에 그렇게 할 수밖에 없었을 테니까요. 하지만 싯다르타는 이렇게 조용히 기다릴 수 있고, 조급해하지 않고, 곤궁해하지도 않으며, 오랫동안 굶주림을 견딜 수 있고, 그것을 웃어넘길 수 있습니다. 주인장, 단식은 이런 데 도움이 됩니다."

"당신 말이 맞군요, 사문 양반. 잠깐만 기다리세요."

카마스바미는 방에서 나가더니 두루마리를 하나 들고 돌아와 손님에게 내밀며 물었다. "이 글을 읽을 수 있겠습니까?"

싯다르타는 매매계약이 적혀 있는 그 두루마리를 살펴보고는 내용을 낭독하기 시작했다.

"훌륭하군요." 카마스바미가 말했다. "이번에는 이 종이에다 나를 위해 몇 자 적어주시겠습니까?"

그러면서 그는 싯다르타에게 종이 한 장과 붓을 내주었고, 싯다르타는 종이에 글을 적어 되돌려주었다.

카마스바미는 그 내용을 읽어보았다. "글을 쓰는 것은 좋은 일이고, 사색하는 것은 더 좋은 일이다. 지혜로운 것은 좋은 일이고, 참는 것은 더 좋은 일이다."

"당신의 글솜씨는 정말 훌륭하군요." 상인이 칭찬했다. "서로 나누어야 할 이야기가 많겠어요. 오늘은 내 손님으로 우리집에 머물러주시지요."

싯다르타는 고마워하며 제안을 받아들였고, 그렇게 상인의 집에 기거하게 되었다. 옷과 신발을 받았고, 하인 한 명이 매일 그를 위해 목욕 준비를 해주었다. 하루에 두 번 푸짐한 식사가 나왔지만 싯다르타는 하루 한 끼만 먹었고, 고기도 먹지 않고 술도 입에 대지 않았다. 카마스바미는 그에게 자신의 장사에 관해 이야기해주었고, 상품과 창고를 보여주었으며, 계산 내역도 여럿 보여주었다. 싯다르타는 새로운 것을 많이 배웠고, 더욱 귀를 기울이면서 말은 적게 했다. 또, 카말라가 한 말을 명심하고는 결코 상인에게 굴종하는 태도를 보이지 않았고, 오히려 상인이 자신을 대등하게, 아니 그 이상으로 대우할 수밖에 없도록 만들었다. 카마스바미는 신중하게, 때로는 열정적으로 자신의 사업을 해나가고 있었으나 싯다르타는 그 모든 것을 일종의 유희 같은 것으로 간주했고, 유희의 규칙을 정확하게 배우려고 애쓰기는 했지만 그 내용에 감동을 받지는 않았다.

싯다르타는 카마스바미의 집에 들어온 지 얼마 되지 않아 곧 주인의 사업에 참여하기 시작했다. 그러나 그는 날마다 아름다운 카말라가 일러준 시간이 되면 멋진 옷을 입고 멋진 신발을 신은 다음 그녀를 찾아갔으며, 이내 그녀에게 선물도 갖다주었다. 그녀의 붉고 영리한 입은 그에게 많은 것을 가르쳐주었다. 그녀의 섬세하고 유연한 손 또한 그에게 많은 것을 가르쳐주었다. 사랑에서는 아직 어린아이에 불과했고 또 바닥 없는 심연으로 뛰어들듯 맹목적으로 쾌락에 뛰어드는 그에게, 카말라는 누구든지 쾌락을 주지 않고 받기만 할 수는 없다는 것, 모든 몸짓, 모든 애무, 모든 접촉, 모든 시선, 모든 신체 부위는 고유한 비밀을 지니고 있으며 그것을 깨울 줄 아는 자에게 행복을 선사할 준비가 되어 있다는 것을 기초부터 가르쳐주었다. 그녀는 사랑하는 사람들이 사랑의 향연을 끝낸 후 서로에게 경탄을 이끌어내지 않은 상태로, 똑같이 정복당하고 정복했다는 감정을 갖지 못한 상태로, 그래서 둘 중 어느 한쪽이라도 질렸다거나 허전하다는 마음이 남고 성적으로 상대를 학대했거나 상대에게 학대당했다는 느낌이 드는 상태로 헤어져서는 안 된다고 가르쳤다. 싯다르타는 이 아름답고 영리한 예술가와 황홀한 시간을 보냈으며, 그녀의 제자가 되고 그녀의 애인이 되고 그녀의 친구가 되었다. 그가 현재 살아가는 삶의 가치와 의미는 여기 카말라와 함께하는 데 있었지, 카마스바미의 사업에 있지 않았다.

상인은 중요한 편지와 계약서 쓰는 일을 그에게 맡겼고, 점차 모든 중요한 용건을 그와 상의하게 되었다. 상인은 싯다르타가 쌀이나 모직물, 선박 운송이나 무역에 관해서는 아는 것이 별로 없을지 몰라도 그의 손이 행운을 가져다주는 손이고, 침착하고 안정적인 태도와 낯선 사람의 말에 귀를 기울이거나 그들의 마음을 꿰뚫어보는 능력에서는 자기보다 훨씬 뛰어나다는 사실을 곧 알게 되었다. "이 브라만은 말이야," 그가 한 친구에게 말했다. "진정한 상인이 아니고, 결코 진정한 상인이 되지도 못할 거야. 그의 영혼은 사업에 정열적으로 몰두한 적이 한 번도 없거든. 그런데도 이 사람은 좋은 별자리를 타고 나서인지, 마법 덕분인지, 아니면 그가 사문들에게 배운 어떤 능력 때문인지, 성공이 저절로 굴러오는 부류의 사람들이 지닌 신비한 자질을 갖고 있어. 이 사람은 늘 사업을 유희처럼 여기는 듯해. 사업에 몰두한 적이 한 번도 없는 것 같고, 사업이 그의 마음을 지배한 적도 없으며, 결코 실패를 두려워하는 법도 없고, 손해를 걱정하는 법도 결코 없다네."

그러자 친구가 상인에게 이렇게 충고했다. "그가 자네를 돕는 사업에서 이익이 나면 이익의 3분의 1을 주고 혹시 손해가 나면 손해의 3분의 1을 변상하도록 해보게. 그러면 그가 더욱 열성을 보일 거야."

카마스바미는 친구의 충고를 따랐다. 그러나 싯다르타는 거기에 별로 신경쓰지 않았다. 이익이 생기면 담담하게 받아들였고, 손해가 생기면 웃으면서 이렇게 말할 뿐이었다. "그래, 이번에는 일이 제대로 되지 않았군!"

싯다르타는 정말로 사업은 아무래도 상관없다는 투였다. 한번은 수확기에 그가 쌀을 대거 구매하기 위해 한 마을로 출장을 떠났다. 그러나 그가 도착했을 때 쌀은 이미 다른 상인에게 팔린 뒤였다. 그런데도 싯다르타는 그 마을에 며칠 머물면서 농부들을 접대하고, 농부의 아이들에게 동전을 선물하고, 또 결혼 축하연에 참석하기도 한 다음 아주 만족하여 출장에서 돌아왔다. 카마스바미는 그가 바로 돌아오지 않은 것, 시간과 돈을 낭비한 것을 비난했다. 그러자 싯다르타는 이렇게 대답했다. "책망은 그만두세요, 친구! 책망한다고 일이 제대로 되지는 않아요. 만약 손해가 발생했다면 내가 부담하겠습니다. 나는 이번 여행에 아주 만족합니다. 여러 부류의 사람들을 사귀게 되었는데, 한 브라만은 나의 친구가 되었고, 아이들이 내 무릎에 올라타기도 했으며, 농부들은 내게 자기 들판을 보여주기도 했어요. 아무도 나를 장사꾼으로 보지 않았지요."

"참으로 멋진 일이군요." 카마스바미는 언짢아하며 소리쳤다. "하지만 실제로 당신은 장사꾼이라는 사실을 명심하세요! 아니면 당신은 그저 즐기려고 출장을 떠났단 얘깁니까?"

"물론이지요." 싯다르타는 웃으며 대답했다. "내가 출장을 떠난 것은 분명 즐기기 위해서였지요. 그게 아니라면 무엇 때문이겠습니까? 나는 사람들과 여러 지역을 알게 되었고, 친절과 신뢰를 맛보았으며, 우정을 발견했어요. 이봐요, 친구, 만약 내가 카마스바미 당신이었다면, 쌀을 구매하려는 계획이 무산된 것을 알게 된 즉시 잔뜩 화가 나서 성급하게 되돌아왔을 테고, 그리하여 정말로 시간과 돈을 잃어버렸을 테지요. 하지만 나는 즐거운 날을 보냈고, 무언가 배웠으며, 기쁨을 누렸고, 분노나 성급함으로 나 자신이나 다른 사람에게 손해를 입히지 않았어요. 그리고 언젠가 추후에 나올 수확물을 사기 위해, 아니면 또다른 목적으로 그곳을 다시 여행하게 되면 그곳 사람들은 나를 다정하게, 또 유쾌하게 맞아줄 겁니다. 그러면 나는 그 당시에 성급하고 불쾌한 모습을 보이지 않은 나 자신을 칭찬하게 될 거고요. 그러니 이 문제는 그 정도로 해둡시다, 친구. 나를 책망하면서 스스로에게 손해를 자초하는 일은 하지 마세요! 그리고 언제라도 '저 싯다르타라는 친구가 나한테 손해를 끼치고 있구나'라고 생각되거든 한마디만 하면 싯다르타는 자신의 길을 갈 것입니다. 그러나 그때까지는 서로에 대해 불만을 갖지 않도록 합시다.”

　상인은 싯다르타에게 당신은 나, 이 카마스바미의 빵을 먹고 사는 것이라고 설득하고자 했으나 허사였다. 싯다르타는 자기 자신의 빵을 먹고 있었고, 아니 어쩌면 그들 두 사람 모두가 다른 사람들의 빵, 모든 사람의 빵을 먹고 있었다. 싯다르타는 카마스바미가 걱정하는 문제에 한 번도 귀기울이지 않았지만, 카마스바미는 온갖 것에 대해 걱정했다. 진행중인 사업이 당장 실패할 것 같거나 발송한 물품이 분실된 듯싶을 때, 채무자가 빚을 상환하지 못할 것 같을 때, 이런 때조차도 카마스바미는 걱정이나 짜증의 말을 입에 담고 이마를 찡그리고 잠을 설치는 것이 유용하긴 하다고 동료 싯다르타를 설득할 수 없었다. 한번은 카마스바미가 당신이 알고 있는 것은 모두 나한테 배운 게 아니냐고 따지자, 싯다르타는 이렇게 대답했다. “제발 그런 농담으로 나를 놀리지 마세요! 내가 당신한테 배운 것은 생선 한 바구니 값이 얼마고 빌려준 돈에 이자를 얼마나 받을 수 있는지 같은 겁니다. 그것은 당신의 학문 영역이라고 할 수 있겠지요. 그렇지만 사색하는 법은 당신에게 배우지 않았어요, 친애하는 카마스바미여. 당신은 나한테 사색하는 법을 배우도록 하세요.”

　사실 싯다르타의 영혼은 장사에 있지 않았다. 그에게 사업은 그저 카말라에게 갖다줄 돈을 벌게 해주기에 좋은 것이었고, 게다가 사업은 싯다르타에게 필요 이상으로 많은 돈을 가져다주었다. 또, 싯다르타의 관심과 호기심은 오로지 사람들을 향해 있었다. 사람들이 벌이는 사업, 수공업, 근심 걱정, 오락, 어리석은 행동은 예전의 싯다르타에게는 마치 달나라 이야기처럼 생소하고 멀게 느껴졌었다. 그러나 지금의 그는 손쉽게 모든 사람과 이야기를 나누고, 함께 생활하고, 그들로부터 배울 수 있었다. 그럼에도 불구하고 싯다르타는 자신과 다른 사람들 사이에 뭔가 차이가 있음을 의식했는데, 바로 그가 여전히 사문의 정신으로 살아가고 있다는 사실이었다. 그는 사람들이 어린아이나 동물의 방식대로 삶을 영위하는 것을 보았고, 그러한 삶의 방식을 좋아하면서도 동시에 경멸했다. 그는 사람들이 돈이나 사소한 즐거움, 하찮은 명예 같은 것, 그가 보기에는 그런 대가를 치를 가치가 없는 것 때문에 고생하고 늙어가는 것을 보았고, 또한 사람들이 서로를 책망하고 모욕하는 것을 보았으며, 사문이라면 미소 지을 법한 고통에 대해 한탄하고 사문이라면 느끼지도 않을 궁핍에 시달리는 것을 보았다.

그는 이러한 사람들이 자기에게 가져오는 모든 것을 열린 마음으로 받아들였다. 자신에게 아마포를 팔러 온 상인도 환영했고, 돈을 꾸기 위해 찾아온 채무자도 환영했으며, 어떤 사문과 비교한들 그 절반만큼도 가난하지 않지만 자기가 가난하다고 한 시간 동안 신세타령을 늘어놓는 거지도 환영했다. 외국에서 온 부유한 무역상이라 해도 자기 수염을 깎아주는 하인이나 바나나를 팔며 몇 푼 더 벌려고 속임수를 쓰는 노점상과 다름없이 대우했다. 카마스바미가 찾아와 걱정을 털어놓거나 사업상의 일로 비난해도 싯다르타는 호기심을 갖고 즐거운 마음으로 귀를 기울였고, 그에게 놀라움을 표하거나 그를 이해하려고 했으며, 그래야 한다고 생각되는 경우에는 그의 말이 다소 옳다고 인정해주기도 했다. 그러다가도 다른 사람이 자기를 만나고 싶어하면 카마스바미에게서 벗어나 새로운 사람을 맞았다. 많은 사람들이 싯다르타를 찾아왔다. 어떤 사람들은 거래를 트기 위해 찾아왔고, 어떤 사람들은 그를 속이기 위해, 어떤 사람들은 그의 마음을 떠보기 위해, 또 어떤 사람들은 그의 동정을 얻기 위해, 어떤 사람들은 그의 충고를 듣기 위해 찾아왔다. 그는 충고해주고, 동정해주고, 선물을 베풀기도 하며, 약간은 속아주기도 했다. 일찍이 그는 신들과 브라만에 온통 마음을 빼앗긴 적이 있었는데, 지금은 이 모든 유희 그리고 모든 사람이 이런 유희를 벌이면서 쏟는 정열에 온통 마음을 빼앗긴 상태였다.

이따금 그는 가슴속 깊은 곳에서 흘러나오는 거의 알아들을 수 없을 정도로 사그라져가는 조용한 음성을, 나지막하게 경고하고 또 나지막하게 호소하는 음성을 들었다. 그럴 때면 그는 자신이 이상한 삶을 영위하고 있다는 것, 순전히 유희에 불과한 일들을 하고 있다는 것, 기분도 괜찮고 때때로 즐거움을 느끼기도 하지만 본래의 삶은 곁을 스쳐가며 그를 전혀 건드리지 않는다는 것을 한 시간 정도 의식하곤 했다. 마치 공놀이를 하는 사람이 공을 갖고 노는 것처럼, 그는 사업을 갖고 놀았고 주위 사람들을 갖고 놀았다. 사람들을 지켜보면서 그들에게 흥미를 느끼기도 했지만 진실한 마음으로, 존재의 원천에서 우러나 함께한 것은 아니었다. 존재의 원천은 그와는 멀리 떨어진, 눈에 보이지 않는 어딘가에서 흐르고 있었고, 그의 삶과는 이제 아무런 관계가 없었다. 그러한 생각을 하면서 그는 몇 번쯤 깜짝 놀랐고, 자신도 어린아이 같은 다른 사람들처럼 일상적인 일에 열정을 쏟고 진심을 다해 참여하는 사람으로, 지금처럼 옆에 서서 구경만 하는 방관자에서 벗어나 그들처럼 정말로 살아가고 활동하고 기쁨을 누리며 실제로 삶을 살 수 있는 사람으로 태어났더라면 얼마나 좋을까 생각했다.

그럼에도 그는 언제나 다시 아름다운 카말라를 찾아가 사랑의 기술을 배웠고, 다른 어떤 분야보다도 더욱 주고받는 것이 하나가 되는 쾌락의 의식을 행했으며, 그녀와 정담을 나누고, 그녀에게 가르침을 받고, 그녀에게 충고를 해주기도 하고 충고를 받기도 했다. 그녀는 옛날에 고빈다가 싯다르타를 이해한 것보다 그를 더 잘 이해했고, 고빈다가 그랬던 것보다 싯다르타와 더 닮아 있었다.

한번은 싯다르타가 그녀에게 말했다. "당신은 나와 닮았어요. 당신에게는 대부분의 사람과는 다른 점이 있지요. 당신은 다른 누구도 아닌 카말라예요. 당신 안에는 당신이 어느 때고 들어가 편히 쉴 수 있는 고요한 은신처가 있어요, 내가 그런 것처럼 말입니다. 모든 사람이 그 은신처를 가질 수 있지만 실제로 가진 사람은 얼마 되지 않아요."

"모든 사람이 다 영리하지는 않아요." 카말라가 말했다.

"아니요." 싯다르타가 말했다. "영리함의 문제가 아니에요. 카마스바미는 나만큼이나 영리하지만, 마음속에 은신처는 갖고 있지 않아요. 그런데 이해력이 어린아이 수준밖에 안 되는데도 은신처를 가진 사람도 있지요. 대부분의 사람들은 떨어지는 나뭇잎 같은 존재예요, 카말라. 바람에 나부껴 공중에서 흩날리다가 나풀거리며 땅에 떨어지지요. 그러나 드물긴 해도 어떤 사람들은 하늘에 떠 있는 별과 같아요. 확고한 궤도를 따라 움직이고, 어떤 바람도 그들에게 이르지 못하며, 자신의 내면에 독자적인 법칙과 궤도를 갖고 있는 사람들이지요. 내가 아는 모든 학자와 사문을 통틀어 그런 완전한 사람이 단 한 분 있었는데, 그 사람을 결코 잊을 수가 없습니다. 그분은 바로 세존 고타마, 가르침을 베푸는 분이셨지요. 수천 명의 제자들이 매일같이 그분의 가르침을 듣고, 매 순간 그분의 계율을 따르고 있어요. 하지만 그들은 모두 떨어지는 나뭇잎에 불과한 존재며, 자기 내면에 가르침과 법칙을 갖고 있지 않아요."

카말라는 미소를 지으며 그를 바라보았다. "당신은 또 그분 이야기를 하는군요." 그녀가 말했다. "당신은 또다시 사문 생각을 하고 있어요."

싯다르타는 아무 말도 하지 않았다. 그런 다음 그들은 사랑의 유희, 카말라가 알고 있는 서른 내지 마흔 가지 유희 중 하나를 즐겼다. 그녀의 몸은 재규어의 몸처럼, 사냥꾼의 활처럼 유연했다. 그녀한테서 사랑을 배운 사람은 수많은 쾌락과 수많은 비밀을 알게 되었다. 그녀는 싯다르타를 유혹하기도 하고 다시 밀쳐내기도 했으며, 꼼짝 못하게 만들기도 하고 포옹하기도 하면서 오랫동안 그와 사랑의 유희를 즐겼다. 그녀는 그가 완전히 기진맥진해져서 곁에서 휴식을 취할 때까지 그의 능숙한 솜씨를 마음껏 즐겼다.

창부는 싯다르타 위로 몸을 굽히고는 그의 얼굴과 피곤한 기색의 두 눈을 오랫동안 쳐다보았다.

"당신은 내가 여태껏 본 사람 중 가장 멋진 애인이에요." 그녀는 생각에 잠긴 채 말했다. "당신은 다른 사람들보다 더 강하고, 더 유연하고, 더 적극적이에요. 내 기술도 잘 익혔고요, 싯다르타. 내가 나이를 더 먹게 되면 언젠가 당신의 아이를 갖고 싶어요. 그런데 당신은 언제나 사문에 머물러 있군요. 당신은 나를 사랑하지 않고, 당신은 그 누구도 사랑하지 않아요. 안 그런가요?"

"어쩌면 그럴지도 모르겠군요." 싯다르타는 지친 듯 말했다. "나는 당신 같은 사람이에요. 당신도 사랑을 한다고는 할 수 없으니까―그렇지 않다면 어떻게 사랑을 하나의 기술로 여기고 행할 수 있겠어요? 우리 같은 부류의 인간들은 아마 사랑이라는 것을 할 수 없을 겁니다. 어린 아이 같은 사람들은 사랑을 할 수 있지요. 그게 바로 그들이 가진 비밀 이에요."

윤회

싯다르타는 오랫동안 세속의 삶, 쾌락의 삶을 살았지만 그런 삶에 완전히 동화된 것은 아니었다. 열정적으로 사문으로 살던 시절에 억눌렀던 관능이 다시 눈을 뜨고 깨어나며, 그는 부를 맛보고, 환락을 맛보고, 권력을 맛보았다. 그러나 그의 마음은 오랫동안 사문에 머물러 있었다. 카말라, 그 총명한 여인은 이 사실을 제대로 알아챘다. 사색, 기다림 그리고 단식의 기술이 여전히 싯다르타의 삶을 이끌었다. 그에게는 어린아이 같은 세상 사람들이 여전히 낯설었고, 그 역시 그들에게 낯선 존재였다.

그렇게 여러 해가 흘렀다. 안락한 삶에 젖어 있던 싯다르타는 세월이 흐르는 것도 거의 느끼지 못했다. 그는 이제 부자였고, 오래전부터 자신의 집과 하인들을 소유하고 있었으며 교외의 강가에 장원도 하나

마련한 터였다. 사람들은 그를 좋아했고, 돈이나 조언이 필요할 때면 그를 찾아왔다. 하지만 카말라를 제외하고는 누구도 그와 가까이 지내지 않았다.

한창 젊었을 때, 고타마의 설교를 듣고 나서 얼마간 그리고 고빈다와 작별한 뒤 그가 체험했던 저 높고 밝은 깨달음의 상태, 그때 그 긴장감 넘치던 기대, 가르침도 스승도 없이 홀로 서 있던 그 고고한 자부심, 그리고 자신의 마음속에 있는 신적인 목소리를 듣고자 하던 그 유연한 자세, 그 모든 것은 이제 한 토막 추억거리가 되거나 덧없는 것이 되어버렸다. 한때 가까이 있었고 또한 그의 내면에서 용솟음치며 흐르던 성스러운 원천은 이제 멀리서 나지막한 소리를 내며 흐를 뿐이었다. 물론 그가 사문들에게서 배운 것, 고타마에게서 배운 것, 그리고 브라만인 아버지에게서 배운 많은 것은 오랜 시간이 지난 지금도 마음속에 남아 있었다. 절제된 삶, 사색의 기쁨, 침잠의 시간, 그리고 육신도 의식도 아닌 영원한 자아인 자기 자신에 대한 비밀스러운 지식 같은 것이 그랬다. 그중 어떤 것은 여전히 그의 마음속에 남아 있었지만, 다른 것들은 이제 하나둘씩 아래로 가라앉고 먼지에 뒤덮여버렸다. 마치 도공의 물레가 돌기 시작해서 계속 돌고 돌다가 서서히 힘이 다해 결국에는 멈춰버리는 것처럼, 싯다르타의 영혼 속에서 금욕의 바퀴, 사색의 바퀴, 분별의 바퀴가 오랫동안 돌았고 여전히 돌고는 있지만 이제는 멈출 듯 말 듯 천천히 도는 상태이며 머지않아 멈춰버릴 때가 온 것 같았다. 마치 말라죽어가는 나무줄기 속으로 습기가 스며들어 서서히 줄기를 채우며 썩게 하듯, 싯다르타의 영혼 속으로 세속과 나태함이 파고들어와 서서히 그의 영혼을 채우고 무겁게 만들고 지치게 했으며 마침내 잠재

워버렸다. 한편 그의 감각들은 생생하게 깨어나 많은 것을 배우고 많은 것을 경험했다.

싯다르타는 장사하는 법, 사람들에게 권력을 행사하는 법, 여자와 더불어 즐기는 법을 배웠고, 근사한 옷을 입는 법, 하인에게 명령을 내리는 법, 향기 나는 물에서 목욕하는 법을 배웠다. 그는 또한 세심하고 정성스럽게 준비한 요리를 먹는 법, 생선과 고기와 새를 먹는 법을 배웠고, 양념과 단것을 먹는 법, 사람을 나태하게 만들고 만사를 잊게 하는 포도주를 마시는 법도 배웠다. 아울러 주사위 놀이를 하고 장기를 두는 법, 무희들을 감상하는 법, 가마를 타는 법, 푹신한 침대에서 자는 법까지 배웠다. 그럼에도 그는 여전히 자신이 다른 사람들과 다르며 그들보다 우월하다고 느꼈다. 싯다르타는 언제나 약간의 조소, 그러니까 사문들이 속세의 사람들을 보며 느끼는 비웃음 섞인 경멸을 품고서 그들을 바라보았다. 카마스바미가 상심할 때, 화가 나거나 모욕감을 느낄 때, 또는 사업에 대한 걱정으로 속을 끓일 때면, 싯다르타는 언제나 조소 섞인 눈길로 그를 바라보았다. 그러나 몇 차례 수확기와 장마철이 지나면서, 그의 조소는 미미하지만 서서히 약해졌고, 그의 우월감도 점차 가라앉았다. 재산이 점점 늘어가면서 싯다르타는 아주 서서히 어린 아이 같은 사람들의 특성, 그런 부류의 사람들이 갖는 철없음과 불안증을 어느 정도 지니게 되었다. 그는 또한 그런 부류의 사람들을 부러워하게 되었으며, 그들을 닮아갈수록 부러워하는 마음은 더욱 커졌다. 그런 사람들을 부러워한 것은 자신에게는 없지만 그들은 갖고 있는 한 가지, 삶에 중요한 의미를 부여할 줄 알고 격정적으로 기뻐하고 걱정할 줄 알며 현세에 영원히 몰두하는 것을 두려워하면서도 달콤한 행복을 누릴 줄 아는 능력 때문이었다. 그런 부류의 사람들은 줄곧 자기 자신에게, 여인에게, 자식에게, 명예 또는 돈에, 여러 계획과 희망에 몰두해 있었다. 그러나 그는 그들에게 바로 그러한 면, 즉 어린아이의 기쁨이나 즐거움을 배우지 못했다. 그가 그들에게 배운 것은 자신이 경멸했던 바로 그 거북함이었다. 전날 저녁 모임이 있으면 다음날 아침 늦게까지 피곤에 젖어 멍하니 침대에 누워 있는 일이 점점 잦아졌다. 카마스바미가 걱정을 털어놓으며 귀찮게 하면 싯다르타는 화를 내고 참을성 없이 짜증을 부렸다. 또 주사위 놀이에서 지면 지나치게 크게 웃음을 터뜨렸다. 그의 얼굴은 여전히 다른 사람들보다 현명하고 영적인 분위기를 자아냈으나 웃음을 띠는 일은 거의 사라졌고, 불만스러운 표정, 상심한 표정, 언짢은 표정, 나태한 표정, 몰인정한 표정과 같이 부자들의 얼굴에서 흔히 나타나는 표정이 하나둘씩 나타나기 시작했다. 부유한 사람들이 걸리는 영혼의 병을 서서히 앓게 된 것이다.

피로가 베일처럼, 엷은 안개처럼 싯다르타를 엄습했으며, 그 피로는 서서히, 날이 갈수록 더 두터워지고 달이 갈수록 더 짙어지고 해가 갈수록 더 무거워졌다. 마치 새로 산 옷이 세월이 지나 낡고 시간이 흘러 아름다운 색깔을 잃고 얼룩지고 주름잡히고 여기저기 해져 실밥이 드러나기 시작하듯이, 고빈다와 헤어진 후 시작된 싯다르타의 새로운 삶도 점점 낡고 해가 흘러가며 색깔과 광택을 잃었으며 주름과 얼룩이 생겼고 마침내 밑바닥에 도사리고 있던 환멸과 역겨움마저 그 흉한 모습을 드러냈다. 싯다르타는 이 사실을 깨닫지 못했다. 그저 한때 자신 안에 깨어 있던, 좋던 시절에 자신을 인도했던 그 밝고 확고한 내면의 소리가 이제는 침묵하고 있다는 것만 깨달았을 뿐이다.

그는 세속의 덫에 잡혀 있었다. 쾌락과 욕망, 나태함에 사로잡혔고 결국에는 가장 어리석은 악덕이라며 경멸했던 탐욕에까지 사로잡혔다. 또한 재산과 소유물, 급기야는 부에 사로잡혔으며, 그것들은 더이상 유희나 하찮은 것이 아니라 쇠사슬과 짐이 되어 있었다. 싯다르타는 이상하고 음험한 길을 거쳐 마침내 주사위 노름판에 뛰어들면서 가장 저급하고 무가치한 속박에까지 빠져들었다. 마음속으로 사문이 되려는 생각을 접은 시점부터, 싯다르타는 예전 같으면 미소 지으면서, 또 어린아이 같은 부류의 습성이라고 여기면서 마지못해 끼어들었을 돈과 귀중품을 거는 도박판에 점차 광분하며 열정적으로 끼어들기 시작했다. 그는 상대방에게 위협적인 노름꾼이었다. 그가 노름판에 거는 돈은 파렴치하다고 할 정도로 거액이라, 감히 그와 승부를 겨루려는 자는 몇 되지 않았다. 그는 내적인 욕구 때문에 도박을 멈출 수 없었는데, 경멸스러운 돈을 도박으로 탕진하는 짓이 더없는 격분의 감정과 더불어 기쁨을 가져다주었기 때문이다. 다른 어떤 방식으로도 상인들의 우상인 부에 대한 경멸감을 이보다 더 노골적으로 조소하면서 드러낼 수는 없었다. 그래서 그는 스스로를 증오하고 비웃기도 하면서 엄청난 액수의 돈을 가차없이 도박에 걸었고, 수천 금을 따기도 날리기도 했으며, 돈과 귀중품을 잃기도 하고, 또 장원을 날렸다가 다시 찾았다가 또다시 잃기도 했다. 싯다르타는 주사위를 던지는 순간이나 거액의 판돈을 거는 순간에 느껴지는 두려움, 그 가슴 조이는 불안감을 사랑했고, 그러한 불안감을 새롭게 다시 솟아나게 하고 더욱 자극해서 고조시키려고 부단히 애를 썼다. 왜냐하면 그런 감정 속에서만 권태롭고 미적지근하고 맥빠진 삶에서 행복 같은 것, 도취 같은 것, 고양된 삶과 같은 것을 맛볼 수 있었기 때문이다. 그리고 크게 잃고 나면 그는 다시 새롭게 부를 획득할 궁리를 했고 더욱 열정적으로 사업을 꾸려나갔으며 더욱 혹독하게 돈을 갚으라고 채무자들을 들볶았는데, 계속 노름을 하고 계속 탕진하면서 부에 대한 자신의 경멸감을 드러내고 싶었기 때문이다. 싯다르타는 손실이 발생하면 평정심을 잃었고, 늑장부리는 채무자에 대해서 인내심을 잃었으며, 구걸하러 온 거지에게 온정을 베푸는 선량함도 잃었고, 간절하게 부탁하는 사람에게 돈을 주거나 빌려주는 기쁨도 잃었다. 한판 도박에 수천 금을 잃고도 웃어넘기던 그가, 장사에 더 지독해지고 더 옹졸해졌으며 때로는 밤에 돈에 대한 꿈까지 꾸게 되었다! 그리고 그런 흉측한 악몽에서 깨어날 때마다, 침실 벽에 걸린 거울에서 늙고 흉측하게 변한 자기 얼굴을 볼 때마다, 수치심과 구토감이 엄습해올 때마다, 계속 도피처를 찾고 새로운 도박판으로 도피했으며 쾌락과 술의 마취 속으로 도망쳤다. 그러다가는 다시 빠져나와 재산을 축적하고 벌어들이려는 욕망으로 되돌아갔다. 이러한 무의미한 순환 속에서 그는 지치고 늙고 병들어갔다.

그러던 어느 날, 그는 꿈을 통해 경고를 받았다. 저녁 무렵, 그는 카말라와 함께 그녀의 아름다운 장원에서 시간을 보내고 있었다. 그들은 나무 아래에 앉아 담소를 나누었는데, 카말라가 슬픔과 피로가 밴 의미심장한 말을 했다. 그녀는 싯다르타에게 고타마에 대한 이야기를 해달라고 부탁했는데, 싯다르타가 그의 눈매가 얼마나 맑고 그의 입술이 얼마나 고요하고 아름다운지, 그의 미소가 얼마나 인자하고 그의 걸음걸이가 얼마나 평화로운지 아무리 들려주어도 흡족해하지 않았다. 싯다르타는 그녀에게 세존 부처에 관한 이야기를 오래도록 해주어야 했다.

마침내 카말라는 한숨을 쉬며 말했다. "언젠가는, 아마도 곧, 나도 부처 그분을 따르게 될 거예요. 나는 그분께 나의 장원을 희사하고, 그분의 가르침에 귀의하고자 해요." 그러나 이렇게 말한 뒤 곧 카말라는 싯다 르타를 자극하고 또 그와 사랑의 유희를 즐겼는데, 그녀는 마치 이 허 망하고 덧없는 쾌락에서 마지막 남은 감미로움 한 방울을 짜내려는 듯 깨물기도 하고 눈물을 흘리기도 하면서 고통스러울 정도의 열정으로 그를 붙들어 맸다. 싯다르타는 이러한 환락이 얼마나 죽음과 가까이 연 결되어 있는지 이토록 이상할 정도로 또렷하게 느낀 적이 없었다. 사 랑의 유희가 끝나고 싯다르타는 그녀 옆에 누웠다. 카말라의 얼굴이 가 까이 있었다. 그는 그녀의 눈가와 입 언저리에서 그 어느 때보다 분명 히 불안을 나타내는 문자를 읽었다. 가느다란 선과 잔주름으로 이루어 진 문자, 가을과 늙음을 연상시키는 문자였다. 사십대에 접어든 싯다르 타 자신에게서도 벌써 검은 머리카락 사이로 여기저기 흰 머리카락이 눈에 띄었다. 아름다운 카말라의 얼굴은 어떤 즐거운 목표 없는 긴 여 정에서 오는 피로감과 생기를 잃기 시작한 기색이 역력했으며, 한 번도 입 밖에 낸 적 없고 한 번도 뚜렷하게 의식하지조차 않은 숨겨진 두려 움, 다시 말해 늙음, 삶의 가을, 필연적인 죽음에 대한 두려움도 나타나 있었다. 싯다르타는 한숨을 쉬며 그녀와 헤어졌고, 그의 영혼은 언짢은 기분과 숨겨진 두려움으로 가득찼다.

그날 밤 싯다르타는 자기 집에서 무희들과 함께 술을 마시며 시간을 보내면서, 더이상 그럴 처지가 아니었음에도 같은 계층의 사람들보다 우월한 척 행동했으며, 술을 한껏 마시고 나서는 자정이 지나서야 지치 기는 했지만 흥분한 상태, 절망해 울 것 같은 상태로 늦게 잠자리에 들었다. 그는 잠을 청하려 했지만 오랫동안 잠을 이룰 수 없었고, 그의 마음은 더이상 참을 수 없을 정도로 비통함과 역겨움으로 가득차 있었다. 미지근하고 역겨운 술맛, 달콤하지만 지루한 음악, 무희들의 지나치게 간드러진 미소, 그 머리카락과 가슴에서 풍기는 너무도 달콤한 냄새가 파고들 때 느껴지는 역겨움이었다. 하지만 그 어느 것보다도 그는 자기 자신에게, 향내 풍기는 머리카락, 입에서 나는 술냄새, 피부의 맥 빠진 피로감과 불쾌감에 역겨움을 느꼈다. 마치 너무 많이 먹고 마신 사람이 고통스럽다가도 토해내고서 다시 안도하고 기뻐하듯이, 싯다르타는 잠을 이루지 못하고 이 역겨움의 소용돌이에 휘말린 채, 이런 향락, 고질적인 습관, 무의미한 삶 그리고 자기 자신으로부터 벗어날 수 있기를 바랐다. 아침의 첫 햇살이 비치고 집 앞 거리에서 분주한 발소리가 들려올 무렵에야 그는 깜빡 잠이 들었고, 혼곤한 상태에서 잠시 눈을 붙였다. 그때 꿈을 꾸었다.

카말라는 노래하는 희귀한 작은 새 한 마리를 황금 새장에 기르고 있었다. 그는 이 새에 관한 꿈을 꾸었다. 아침이면 늘 울던 새가 꿈에서는 아무 소리를 내지 않아, 불현듯 이상한 생각이 들어 새장 앞으로 다가가 안을 들여다보니 작은 새는 이미 죽어서 딱딱한 사체가 되어 바닥에 누워 있었다. 그는 새장에서 새를 끄집어내 손바닥에 놓고 살펴보다가 길거리로 휙 내던졌는데, 그 순간 마치 죽은 새와 함께 자기 내부에 있는 모든 가치 있는 것, 모든 좋은 것을 내던진 기분이 들어 심장이 찢어질 듯 아파와, 소스라치게 놀랐다.

싯다르타는 꿈에서 벌떡 깨어나면서 깊은 슬픔에 사로잡혔다. 자신의 삶을 무가치하게, 무가치할 뿐 아니라 무의미하게 살아왔다는 생각이 들었다. 그의 손에는 살아 있는 그 어떤 것, 소중하거나 보존할 가치가 있는 그 어떤 것도 남아 있지 않았다. 그는 마치 바닷가에 선 조난자처럼 외롭고 공허한 기분으로 서 있었다.

싯다르타는 침울한 마음으로 자기 장원으로 가서 대문을 걸어 잠그고는 망고나무 그늘에 자리를 잡고 앉았고, 마음속에서는 죽음을 가슴속에서는 전율을 느꼈으며, 그렇게 앉은 채로 자기 안에서 모든 것이 죽고 시들고 종말을 향해 가고 있음을 느꼈다. 점차 그는 정신을 하나로 집중해 기억할 수 있는 첫날부터 지금에 이르기까지 자신이 걸어온 인생을 더듬어보았다. 도대체 언제 행복이라는 것을 체험했고, 도대체 언제 진정한 환희를 느껴보았던가? 오, 그렇다. 그런 행복과 환희를 맛본 적이 몇 번 있었다. 소년 시절 브라만들에게 칭찬을 받았을 때, 또래 소년들을 훨씬 앞질러 성스러운 경전을 암송하거나 학자들과 토론했을 때, 신들에게 올리는 제사에서 조수로서 뛰어난 면모를 보였을 때였다. 그때 그는 마음속으로 이 같은 소리를 들었다. "네 앞에 하나의 길이 놓여 있다. 너는 그 길을 가도록 부름을 받았고, 신들이 너를 기다리고 계신다." 그리고 청년 시절 사색의 목표도 점점 더 높아지면서 같은 목표를 추구하는 무리 중에서 자신이 월등히 두드러졌을 때, 고통 속에서 브라만의 참뜻을 깨닫고자 애썼을 때, 새로 얻은 지식이 매번 그의 내면에 새로운 갈증을 불러일으켰을 때, 그럴 때면 갈증 속에서, 고통 속에서 그는 또다시 같은 소리를 들었다. "계속 정진하라! 계속 정진하라! 너는 부름을 받은 몸이다!" 고향을 떠나 사문의 삶을 선택했을 때, 다시 그 사문들을 떠나 완성자인 세존에게 갔을 때, 그리고 세존을 떠나 불확실함 속으로 발을 내디뎠을 때도 그는 이 목소리를 들었다. 그러고 나서 얼마나 오랫동안 이 목소리를 듣지 못했던가. 얼마나 오랫동안 그의 삶은 어떤 높은 경지에 이르지 못했던가. 그동안 그의 삶은 얼마나 단조롭고 황량하게 흘러왔던가! 얼마나 오랫동안 어떤 높은 목표도 갈증도 고양도 없이, 하찮은 쾌락만 좇으며 전혀 만족하지도 못한 채 시간을 보내왔던가! 여러 해 동안 그는 의식도 못한 채 보통 사람처럼 되고자, 어린아이 같은 사람들처럼 되고자 애를 썼고 그들의 삶을 동경했으나, 그의 삶은 그들의 삶보다 훨씬 비참하고 빈약해졌다. 그들의 목표가 그의 목표가 될 수는 없었고, 그들의 근심이 그의 근심이 될 수는 없었던 것이다. 카마스바미 같은 부류의 세계는 그에게는 결국 하나의 유희, 관중석에서 바라보는 무용, 희극에 불과했다. 단지 카말라만이 그에게 사랑스러운 존재, 소중한 존재였지만—지금도 여전히 그러한가? 아직도 그녀가 그에게 필요한 존재, 또는 그가 그녀에게 필요한 존재일까? 두 사람은 끝없는 유희를 하고 있던 게 아닐까? 그런 유희를 위해 살 필요가 있을까? 아니, 그렇지 않다! 그 유희는 윤회라고 불리는, 어린아이 같은 사람들을 위한 유희다. 어쩌면 한두 번, 열 번쯤은 즐길 수 있을지 몰라도—언제까지나 영원히 반복한다면?

그 순간 싯다르타는 유희가 끝났음을, 자신이 그 유희를 더이상 계속할 수 없음을 깨달았다. 온몸에 전율이 흘렀고, 자기 내부에서 무엇인가 죽었음이 느껴졌다.

그날 싯다르타는 하루종일 망고나무 아래 앉아 아버지를 생각하고, 고빈다를 생각하고, 고타마를 생각했다. 고작 카마스바미 같은 인간이 되려고 그들을 떠나야 했단 말인가? 밤이 찾아올 때까지 그는 그대로 앉아 있었다. 그는 눈을 들어 밤하늘의 별들을 바라보며 생각했다. '나는 지금 망고나무 아래에, 나의 장원에 앉아 있다.' 그는 조용히 미소를 지었다―망고나무를 소유한 것, 장원을 소유하게 된 것이 진정 필요하고 올바른 일이었을까, 그저 어리석은 유희가 아니었을까?

그는 이러한 것들을 매듭지었고, 그것들 역시 그의 내부에서 죽었다. 그는 자리에서 일어나 망고나무에 작별을 고하고, 장원에도 작별을 고했다. 온종일 아무것도 먹지 않고 지낸 탓에 심한 허기가 느껴졌고, 시내에 있는 자신의 집, 자신의 방과 침대, 음식이 차려진 식탁이 떠올랐다. 하지만 그는 지친 기색으로 미소를 지으며 고개를 설레설레 저었고, 그 모든 것에 작별을 고했다.

그날 밤 싯다르타는 자신의 장원을 떠났고, 살던 도시를 떠나 다시는 돌아오지 않았다. 카마스바미는 싯다르타가 강도들의 손에 떨어졌다고 여겨 한동안 사람들을 보내 그를 찾도록 했다. 카말라는 그의 행방을 수소문하지 않았다. 그녀는 싯다르타가 사라졌다는 소식을 듣고도 그리 놀라지 않았다. 그녀가 언제나 예상해왔던 일이 아니던가? 그 사람은 사문, 고향을 떠난 정처 없는 자, 순례자가 아니던가? 그녀는 싯다르타와의 마지막 만남에서 이 사실을 너무나 뼈저리게 실감했었고, 상실의 고통 속에서도 그 마지막 만남에서 진심으로부터 우러나오는 애정으로 그를 자기 가슴에 끌어안았다는 사실, 자신이 한번 더 완전히 그의 소유가 되고 그와 온전한 일체를 이루었다는 사실을 떠올리며 행복감에 젖었다.

카말라는 싯다르타가 사라졌다는 소식을 듣고는 바로 희귀한 새가 갇혀 있는 창가의 황금 새장으로 다가갔다. 그녀는 새장 문을 열고 새를 꺼내 날려보냈다. 카말라는 날아가는 새를 오랫동안 지켜보았다. 그

날부터 카말라는 더이상 손님을 받지 않고 저택의 문을 꼭꼭 잠가버렸
다. 얼마 지나지 않아 그녀는 싯다르타와의 마지막 만남에서 아이를 임
신했음을 알게 되었다.

강가에서

싯다르타는 벌써 도시에서 멀리 떨어진 숲속을 걷고 있었고, 오직
한 가지, 다시는 도시로 돌아갈 수 없으며 지난 수년간 영위해온 생활
은 다 지난 과거사에 불과하고 구토가 날 만큼 이미 잔뜩 맛보고 흡수
했다는 생각밖에 들지 않았다. 꿈속에서 보았던 노래하는 작은 새는 죽
어 있었다. 가슴속의 새는 죽어 있었다. 그는 윤회의 업보에 깊숙이 휘
말려 있었고, 마치 가득 머금을 때까지 물을 빨아들이는 해면처럼 사방
에서 온갖 구역질나는 것과 죽음을 흠뻑 빨아들였다. 그의 마음은 권태
와 비참함, 죽음으로 가득찼고, 이 세상에 그를 유혹할 수 있는 것, 그
를 즐겁게 해주고 위로해줄 수 있는 것이라곤 이제 아무것도 없었다.
싯다르타는 자신에 대해 더이상 아무것도 알고 싶지 않았고, 평온과 죽
음을 원했다. 제발 벼락이라도 떨어져 이 몸을 박살내줬으면! 제발 호

랑이라도 나타나 이 몸을 잡아먹었으면! 이 육신을 마쳐시켜 모든 것을 잊고 잠들게 하고 다시는 깨어나지 못하게 할 술, 독약이라도 있었으면! 자신이 아직 접해보지 못한 불결한 것, 아직 저질러보지 못한 죄악이나 어리석은 짓, 더 겪어야 할 영혼의 황폐함이 남아 있기는 한 걸까? 살아간다는 것이 여전히 가능한 일일까? 앞으로도 계속 숨을 들이쉬고 내쉬고, 배고픔을 느끼고, 다시 먹고, 다시 잠을 자고, 또다시 여자와 잠자리에 드는 것이 가능할까? 그런 순환이 자신에게는 모두 바닥나고 끝나버린 것이 아닐까?

싯다르타는 숲속을 가로질러 큰 강에 이르렀는데, 그 강은 오래전 아직 젊던 시절 고타마가 거하던 도시에서 빠져나왔을 때, 어떤 뱃사공이 그를 건네준 강이었다. 강가에 이르자 싯다르타는 걸음을 멈추고 머뭇거리며 강기슭에 섰다. 피곤과 허기에 지쳤는데 도대체 왜 계속 가야 한다는 말인가? 도대체 어디를 향해, 어떤 목표를 따라 나아가야 한다는 말인가? 아니, 더이상은 그런 목표가 없었다. 마음속 깊은 곳에는 황폐해진 이 모든 꿈을 훌훌 털어버리고, 이 김빠진 술을 토해버리고, 이 비참하고 치욕스러운 삶을 끝장내고 싶다는 고통스럽기 짝이 없는 갈망 외에는 아무것도 없었다.

강기슭에 나무 한 그루, 야자수 한 그루가 드리워져 있었고, 싯다르타는 야자수에 어깨를 기대고 서서 나무 몸통을 한쪽 팔로 안은 채 발아래 고요히 흘러가는 푸른 강물을 내려다보다가, 강물 속으로 뛰어들고 싶은 욕망으로 가득한 자신을 발견했다. 수면으로부터 소름 끼치는 공허가 엄습해왔고, 마음속에 있는 섬뜩한 공허가 그에 응답했다. 그렇다, 그는 막바지에 다다른 것이다. 이제 그에게는 자신을 소멸시키는 일, 실패로 끝난 자신의 삶을 산산이 부숴 비웃는 신들의 발치에 내던 져버리는 일 외에는 아무것도 남아 있지 않았다. 그것이야말로 그가 갈 망했던 위대한 구토였다. 다름 아닌 죽음, 자신이 증오했던 형식을 파 괴하는 것 말이다! 싯다르타, 이 개 같은 인간, 이 미친놈, 이 썩어 문드 러진 육신, 이 무기력하고 학대받은 영혼은 물고기밥이나 되는 편이 나 으리라! 물고기와 악어에게 뜯어먹히고, 악마에게 갈기갈기 찢기는 편 이 나으리라!

그는 얼굴을 일그러뜨린 채 물속을 응시하다가, 물에 비친 자기 얼 굴을 보고는 그 얼굴을 향해 침을 뱉었다. 극도로 지친 그는 아래 물속 으로 똑바로 떨어져 마침내 가라앉기 위해, 나무 몸통을 안고 있던 팔 을 풀면서 이리저리 약간 움직여보았다. 두 눈을 감은 채 죽음을 향해 떨어지려는 찰나였다.

바로 그 순간 그의 영혼의 외진 구석에서, 지금은 피곤에 지친 그의 삶의 아득한 과거로부터 어떤 소리가 전율하며 울려왔다. 단 한 마디, 한 음절에 불과한 울림이었다. 싯다르타는 무심코 그 말을 웅얼거리며 입 밖으로 내뱉었다. 그것은 예로부터 브라만들이 모든 기도의 시작과 끝에 사용하는 말, '완전한 것' 또는 '완성'을 의미하는 성스러운 '옴'이 었다. '옴'이라는 소리가 싯다르타의 귓전에 울리는 순간, 잠들어 있던 그의 정신이 갑자기 깨어났고 그가 지금 하려는 행동이 어리석은 짓임 을 깨닫게 해주었다.

싯다르타는 소스라치게 놀랐다. 자신이 벌써 이 지경에 이르러, 실패 했고, 길을 잃었고 온갖 지식조차 잃어버린 끝에 죽음을 갈망하고 있었 으며, 내면에는 육신을 소멸시켜 안식을 얻으려는 어린아이 같은 욕망이 크게 자라나 있었다니! 최근 몇 해 동안 온갖 고뇌와 온갖 각성, 온 갖 절망을 겪으면서도 해낼 수 없었던 것이, 옴이 그의 의식 속으로 파 고들어온 순간 일어났다. 비참함과 미망에 빠진 자기 자신을 깨달은 것 이다.

"옴!" 그는 혼잣말로 중얼거렸다. "옴!" 그러자 그는 브라만을 알게 되었고, 삶의 불멸성을 알게 되었으며, 그동안 자신이 망각하고 있던 모든 신적인 것을 다시 알게 되었다.

하지만 그것은 섬광처럼 지나가는 한순간에 불과했다. 싯다르타는 야자수 밑동에 풀썩 쓰러져 머리를 나무뿌리에 대고 깊은 잠에 빠져들 었다.

그는 깊이 잠들었고 꿈도 꾸지 않았는데, 이런 단잠은 정말 오랜만 이었다. 몇 시간이 흐른 후 깨어나자, 마치 십여 년의 세월이 흘러간 기 분이 들었고 나직이 흘러가는 강물 소리가 들렸으며, 싯다르타는 자기 가 있는 곳이 어딘지, 누가 자기를 그곳까지 데려왔는지 알 수 없었다. 그는 눈을 뜨고 경이로움에 사로잡혀 나무와 머리 위 하늘을 쳐다보았 고, 그제야 자신이 있는 곳이 어디인지, 어떻게 이곳까지 오게 되었는 지 기억을 떠올려보았다. 그러나 기억을 떠올리는 데는 오랜 시간이 걸 렸고 지나온 과거는 마치 베일에 싸인 듯 무한히 떨어져 있고 무한히 멀리 있으며 무한히 냉담한 듯 보였다. 그가 알고 있는 것이라곤 단지 자신이 이제까지 살아온 삶(잠에서 깨어나 의식을 되찾은 첫 순간에는 이 지나간 삶이 마치 아주 먼 옛날에 살았던 삶, 현재 자아의 전생처럼 여겨졌다)—이제까지 살아온 삶을 버렸다는 것, 구역질나는 심정과 참담한 마음으로 자신의 생명마저 내던져버리려 했다는 것, 하지만 강가의 야자수 아래서 스스로를 되찾고 성스러운 말인 옴을 중얼거렸으며, 그와 동시에 깊은 잠에 빠져들었다가 이제 새로운 인간으로 깨어나 세상을 새롭게 바라보고 있다는 사실뿐이었다. 그는 자신이 중얼거리다가 잠들었던 옴이라는 말을 입 밖에 내보았고, 그러자 자신의 긴 잠 전체가 침잠한 채 길게 옴을 발하는 것, 다시 말해 옴을 사유하는 것, 무엇이라고 명명할 수 없으며 이미 완성된 옴 속으로 침잠하고 완전히 몰입하는 것이라는 생각이 들었다.

얼마나 경이로운 잠이었던가! 이토록 상쾌함을 안겨주고 이토록 새롭게 해주고 이토록 젊음을 가져다준 잠은 여태껏 한 번도 경험해본 적이 없었다! 혹시 정말로 죽고 사멸했다가 새로운 형상으로 다시 태어난 게 아닐까? 하지만 아니었다. 그는 자기 자신을 알고, 자신의 손과 발을 알며, 자신이 누워 있던 장소를 알고, 자기 가슴속에 있는 자아, 싯다르타라는 고집쟁이, 그 별난 인간을 알고 있었다. 그럼에도 불구하고 그 싯다르타는 달라졌고, 새로워졌으며, 기이하게도 잠을 푹 잤고, 기이한 상태로 깨어난데다 기쁨과 호기심으로 가득차 있었다.

싯다르타는 몸을 일으켰고, 맞은편에 앉아 있는 낯선 사람을 발견했다. 머리를 박박 깎고 누런 법의를 입은 승려 하나가 명상의 자세를 취하고 있었다. 싯다르타는 머리카락도 없고 수염도 없는 그 남자를 유심히 바라보았고, 바라본 지 얼마 지나지 않아 이 승려가 바로 젊은 시절의 친구이자 세존 부처에게 귀의한 고빈다임을 알아보았다. 고빈다, 그도 늙기는 했으나 얼굴에는 예전의 모습, 즉 열정과 성실함, 구도의 자세, 조심성 있는 분위기가 그대로 남아 있었다. 고빈다는 싯다르타의 시선을 느끼고는 눈을 뜨고 상대를 바라보았으나 상대가 싯다르타임은 알아채지 못하는 듯했다. 고빈다는 그가 깨어난 것을 보고 기뻐했는데, 상대가 누구인지 알지 못하면서도 오랫동안 맞은편에 앉아 그가 깨어나기를 기다렸던 것이 분명했다.

"내가 잠들어 있었군요." 싯다르타가 말했다. "어쩌다 여기 계시게 된 겁니까?"

"당신은 잠들어 계시더군요." 고빈다가 말했다. "뱀도 자주 나오고 숲의 짐승도 오가는 이런 곳에서 잠드는 것은 좋지 않습니다. 나는 세존 고타마, 부처이자 석가모니인 그분의 제자로, 동료 승려들과 함께 순례를 하다가 위험한 곳에 누워 잠든 당신을 발견했습니다. 당신을 깨우려 했지만 너무 깊이 잠들어 계시기에 일행을 먼저 보내고 당신 곁에 남았지요. 그러다가 당신이 잠자는 것을 지켜봐주려던 나도 깜빡 잠이 든 모양입니다. 피로가 엄습하는 바람에 해야 할 일을 제대로 수행하지 못한 것 같군요. 이제 당신이 깨어나셨으니, 나는 어서 형제들을 따라가야겠습니다."

"사문이여, 잠든 나를 지켜봐주어 고맙습니다." 싯다르타가 말했다. "당신들, 세존의 제자들은 참으로 친절하시군요. 이제 갈 길을 떠나셔야지요."

"그럼 이만 가보겠습니다. 당신이 늘 건강하시길 바라겠습니다."

"감사드립니다, 사문이여."

고빈다는 작별의 몸짓을 하면서 말했다. "안녕히 계십시오."

"안녕히 가십시오, 고빈다." 싯다르타가 말했다.

승려는 가던 발걸음을 멈추었다.

"실례지만 어찌 내 이름을 아시는지요?"

그러자 싯다르타는 미소를 지었다.

"오, 고빈다, 나야 자네를 알고 있지. 자네가 부친의 오두막에서 지내던 시절부터 브라만들의 학교에 다니던 시절, 신들께 제사를 올리던 시절, 우리가 사문이 되려고 집을 떠난 시절, 그리고 자네가 기원정사에서 세존에게 귀의하던 시절까지 다 알고 있고말고."

"자네 싯다르타로군!" 고빈다가 큰 소리로 외쳤다. "이제야 자네를 알아보겠군. 어째서 바로 알아보지 못했는지 모르겠군. 반갑네, 싯다르타, 자네를 다시 만나게 되어 정말 기쁘군."

"나도 자네를 다시 보게 되어 정말 기쁘다네. 자네는 내가 잠든 동안 나를 지켜주었어. 다시 한번 고맙네, 지켜주는 사람이 꼭 필요했던 것은 아니지만 말일세. 그런데 친구여, 자네는 어디로 가는 길인가?"

"정처 없이 가고 있다네. 우리 같은 승려들은 장마철만 아니면 언제나 유랑하지. 이곳저곳을 떠돌아다니며, 계율에 따라 생활하고, 설법을 포교하고, 시주를 받고, 그리고 다시 이동하곤 해. 항상 그렇게 생활한다네. 그런데 싯다르타, 자네는 어디로 가는 길인가?"

싯다르타가 말했다. "나도 자네와 마찬가지라네, 정처 없이 떠돌고 있지. 그저 길을 가는 중이야. 순례의 길을 걷고 있지."

고빈다가 말했다. "자네는 순례를 하고 있다고 말하는데, 자네 말을 믿네. 하지만 싯다르타, 이런 말을 해서 미안하지만 자네가 순례자처럼 보이지는 않는군. 부자가 입는 옷을 입고, 지체 높은 사람이 신는 신발을 신은데다 좋은 향수 냄새가 나는 자네의 머리카락 역시 순례자의 머리카락, 사문의 머리카락이 아니네."

"친구여, 맞는 말일세, 제대로 보았네, 자네의 예리한 눈은 모든 것을 간파하는군. 하지만 자네에게 내가 사문이라고는 말하지 않았어, 다만 순례의 길을 걷고 있다고 했지. 말한 그대로일세. 나는 순례의 길을 걷고 있다네."

"순례의 길을 걷고 있단 말이지." 고빈다가 말했다. "하지만 그런 복장을 하고, 그런 신발을 신고, 그런 머리를 한 순례자는 거의 없을 걸세. 나는 수년에 걸쳐 순례를 했지만, 그런 순례자는 한 번도 만난 적이 없어."

"자네 말이 맞아, 친구 고빈다여. 하지만 오늘 그대는 그런 신발을 신고 그런 복장을 한 순례자를 보게 된 거야. 명심하게나, 사랑하는 친구여, 형상의 세계는 덧없고 덧없는 것이며, 우리의 복장이나 머리 모양, 아니 우리의 머리카락과 육신까지도 다 덧없는 것이지. 나는 부자의 옷을 걸쳤고, 자네는 그것을 제대로 알아보았네. 이런 옷을 걸치고 있는 것은 한때 내가 부자였기 때문이고 내가 세속인, 쾌락을 좇는 자의 머리 모양을 하고 있는 것도 한때 내가 그런 부류의 사람이었기 때문이야."

"그렇다면 싯다르타, 지금의 자네는 어떤 사람인가?"

"잘 모르겠어. 자네가 모르듯이 나도 모르네. 나는 다만 순례를 하고 있는 중이야. 한때는 부자였지만 지금은 아니고, 내일 무엇이 될지는 나도 모르겠군."

"자네는 재산을 잃어버린 것인가?"

"내가 재산을 잃은 것이기도 하고, 재산이 나를 잃은 것이라고도 할 수 있지. 하여튼 재산은 내게서 떠나갔어. 형상의 수레바퀴는 빨리 돌아가는 법이라네, 고빈다여. 브라만이었던 싯다르타는 어디에 있을까? 사문이었던 싯다르타는 어디에 있을까? 부자였던 싯다르타는 어디에 있을까? 고빈다, 자네도 알다시피 덧없는 것은 빠르게 변하는 법일세."

고빈다는 의심 가득한 눈길로 젊은 시절의 친구를 한동안 바라보았다. 그러다가 마치 지체 높은 사람에게 하듯 인사를 하고는 갈 길을 떠났다.

싯다르타는 얼굴에 미소를 머금고 떠나가는 친구의 모습을 바라보았다. 그는 여전히 자신의 친구, 성실하고 조심성 많은 그 친구를 사랑하고 있었다. 게다가 지금 이 순간, 경이로운 잠에서 깨어나 옴으로 충만한 이 찬란한 시간에, 누구인들, 무엇인들 그가 사랑하지 않을 수 있겠는가! 일체의 사물을 사랑하게 된 것, 자신이 보는 모든 것을 즐거운 사랑의 감정으로 대하게 된 것, 이것이야말로 바로 그가 잠을 자는 동안 옴에 의해 일어난 마법이었다. 그리고 이제 돌이켜 생각해보니, 지난날 그는 너무나 병들어 있었기에 어떤 인간이나 사물도 사랑할 수 없었던 것 같았다.

싯다르타는 미소를 띤 채 떠나가는 승려의 뒷모습을 바라보았다. 잠은 그를 아주 강하게 만들어주었지만, 이틀 동안이나 아무것도 먹지 못한 탓에 허기로 인한 심한 고통이 느껴졌다. 굶주림에 강하게 단련되어 있던 시기는 벌써 오래전이었다. 그는 비통한 심정으로, 하지만 여전히 미소를 머금은 채 그 시절을 떠올렸다. 당시 그는 카말라 앞에서 고상한데다 누구에게도 뒤지지 않는 세 가지 기술을 자랑했었다. 바로 단식―기다림―사색의 기술이었다. 그것은 그의 자산이자 그의 힘이며 능력이었고, 그를 받쳐주던 확고한 지주였다. 분주하고 힘들었던 청년 시절에 그는 단지 이 세 기술만을 익혔다. 그런데 이제는 이 세 가지 기술마저 그를 떠나가 단식하는 것, 기다리는 것, 사색하는 것, 그 어느 것도 더 이상 그에게 남아 있지 않았다. 가장 비참한 것, 가장 덧없는 것, 관능의 쾌락, 사치스러운 삶, 부귀를 위해 그런 기술을 다 내팽개쳤던 것이다! 기이하게도 그의 삶에 실제로 그런 일이 일어났다. 그리고 지금에 와서는 자신이 정말 어린아이 같은 부류의 사람이 된 것 같았다.

싯다르타는 자신의 처지에 대해 곰곰이 생각해보았다. 생각하기 쉽지 않았을뿐더러 하고 싶지도 않은 기분이었지만, 그래도 자신을 몰아붙였다.

그는 생각해보았다. 그래, 이제 그 모든 덧없는 것들이 다시 내게서 떨어져나갔다, 나는 지금 어린아이였을 때 그랬던 것처럼 다시 태양 아래 서 있다, 내 것은 아무것도 없고, 나는 어떤 것도 해낼 수 없고, 무엇을 해낼 능력도 없으며, 배운 것조차 없다. 이 얼마나 기이한 일인가! 더 이상 젊지 않고 머리카락은 이미 반백이 되었으며 기력은 쇠해가고 있는 지금, 나는 다시 처음으로 돌아가 어린아이 같은 상태에서 새로 시작해야 하는 것이다! 싯다르타는 또다시 미소 짓지 않을 수 없었다. 그렇다, 그의 운명은 정말 기이했다! 그의 삶은 내리막길에 접어들었고, 그는 이제 빈털터리, 벌거숭이, 멍청이가 되어 다시 이 세상에 서 있었다. 그러나 슬프지는 않았고, 아니, 오히려 웃고 싶은 어마어마한 충동, 자신에게 또 이 기이하고 어리석은 세상에 대고 웃고 싶은 어마어마한 충동을 느꼈다.

"너의 삶은 내리막길을 걷고 있어!" 그는 혼잣말을 하면서 웃음을 터뜨렸고, 그렇게 말하면서 무심코 강물을 바라보았는데, 강물 역시 아래로 흘러가고 있었다. 강물은 언제나 아래로 흘렀고, 노랫소리를 내며 즐거워했다. 그 모습이 무척이나 마음에 들어 그는 강물을 향해 다정하게 미소를 지었다. 이 강물은 한때, 한 백 년 전쯤, 그가 빠져 죽으려 했던 그 강물이 아니던가, 아니면 그건 단지 꿈이었던가?

내 인생은 그야말로 기이하군, 그는 생각했다. 참으로 기이한 우회로를 거쳐온 인생이야. 소년 시절에 나는 단지 신들, 그리고 제사 올리는 일에만 관심을 두었지. 젊은 시절에는 고행과 사색, 침잠에만 관심을 두었고, 브라만을 추구했으며, 아트만 속에 있는 영원한 것을 숭배했어. 그러다가 좀더 나이를 먹은 청년 시절에는 참회자들을 따라가 숲에서 생활했고, 더위와 혹한에 시달렸으며, 굶주리는 법을 배우고, 육신을 소멸시키는 법을 배웠지. 그러다 곧 놀랍게도 위대한 부처의 가르침 속에서 깨달음을 얻어 이 세상의 단일성에 대한 앎이 마치 내 자신의 피처럼 내 안에서 순환하고 있음을 느끼게 되었다. 그러나 부처로부터, 그리고 그 위대한 앎으로부터도 다시 떠나야 했지. 길을 걷다가 카말라를 만나 사랑의 기술을 배웠고, 카마스바미에게서 장사하는 법을 배워 돈을 모았으며, 돈을 마구 썼고, 나의 위장을 사랑하는 법, 나의 관능에 아첨하는 법을 배웠다. 정신을 잃고 생각하는 법을 망각하고 단일성을 잊어버린 여러 해를 보냈다. 이를테면 나는 어른이 다시 어린아이가 되고, 사색가가 어린아이 같은 사람이 되어버리는 우회로를 따라 천천히 걸어온 게 아닐까? 그래도 이 길은 아주 좋은 길이었고 내 가슴속의 새도 죽지 않았다. 하지만 대체 무슨 이런 길이 있단 말인가! 고작 다시금 어린아이가 되고 다시 시작하려고 그토록 많은 어리석은 짓, 그토록 많은 악덕, 그토록 많은 실수, 그토록 많은 구토와 환멸과 비통함을 겪어야 했다니. 그렇지만 그것은 옳은 일이었다. 내 마음이 그렇다고 말하고, 내 눈이 그렇다고 미소 짓고 있다. 은총을 체험하기 위해서는, 다시 옴을 듣기 위해서는, 다시 제대로 잠을 자고 제대로 깨어나기 위해서는, 절망을 체험해야만 했고, 그 어떤 것보다도 어리석은 자살이라는 생각을 떠올릴 정도까지 나락의 구렁텅이에 떨어져야만 했다. 내 안에 있는 아트만을 다시 발견하기 위해 나는 바보가 되어야만 했다. 다시 살아나기 위해 나는 죄를 저질러야만 했고. 나의 길은 이제 나를 어디로 이끌어갈까? 그 길은 이상하게 나 있고, 꼬불꼬불하며, 어쩌면 순환로처럼 빙빙 돌아가는 길일지도 모른다. 그 길이 어떻게 나 있든 나는 그 길을 가리라.

놀랍게도 그는 가슴에서 기쁨이 솟구치는 것을 느꼈다.

어디서 오는 것일까, 그는 자기 마음을 향해 물어보았다. 도대체 이기쁨은 어디서 오는 것일까? 나의 원기를 그토록 북돋아주었던 긴 단잠에서 오는 걸까? 아니면 내가 입에 올렸던 옴이라는 말에서 오는 걸까? 아니면 내가 빠져나왔다는 사실, 내가 완전히 벗어나는 데 성공하고 마침내 다시 자유의 몸이 되었으며 어린아이 같은 존재가 되어 하늘 아래 서 있다는 사실에서 생겨나는 걸까? 아, 이렇게 빠져나왔다는 것, 이렇게 자유로워졌다는 것은 얼마나 좋은지! 이곳의 공기는 얼마나 맑고 신선하며, 또 얼마나 숨쉬기 좋은지! 내가 도망쳐나온 곳, 그곳에서는 모든 것에서 향유, 향료, 술, 포만, 나태의 냄새가 났다. 그런 부자들의 세계, 탐식가와 도박꾼의 세계를 나는 얼마나 증오했던가! 그 끔찍한 세계에 그토록 오래 머문 나 자신을 얼마나 증오했던가! 나 자신을 얼마나 증오하고, 얼마나 약탈하고, 얼마나 중독시키고, 얼마나 고통스럽게 만들고, 스스로를 얼마나 늙고 사악하게 만들었던가! 그래,

한때는 나 싯다르타가 지혜롭다고 착각했지만, 다시는 그런 착각을 하지 않으리! 그러나 내가 한 일 가운데 잘한 일, 마음에 드는 일, 칭찬받아 마땅한 일이 하나 있으니, 바로 스스로를 증오하는 일을 그만둔 것, 어리석기 짝이 없고 황폐한 삶에 종지부를 찍은 것이다! 싯다르타, 그대를 칭찬한다. 그토록 여러 해 동안 어리석은 세월을 보내고도 그대는 다시 생각해 뭔가를 해냈고, 가슴속에 있는 새의 노랫소리를 듣고 그 소리를 따랐구나!

싯다르타는 이렇게 자기 자신을 칭찬하고, 자신에게 기쁨을 느꼈으며, 자기 위가 허기로 꼬르륵거리는 소리에 신기한 듯 귀를 기울였다. 지난 며칠 동안 한 조각의 고통과 한 조각의 비참함을 남김없이 맛보고, 토해내고, 죽음과 절망에 이르기까지 깡그리 씹어 삼킨 듯했다. 그렇게 한 것은 잘한 일이었다. 그러지 않았다면 그는 훨씬 더 오랫동안 카마스바미 집에 머물면서 계속 돈을 벌고, 벌어들인 돈을 탕진하고, 배를 채우고, 영혼을 더욱 목마르게 했을 테고, 더 오랫동안 부드럽고 푹신푹신한 그 지옥 세계에 살았을 터였다. 완전히 희망을 잃고 절망에 빠진 순간, 흐르는 강물에 떨어져 스스로를 소멸시키려 한 극단적인 순간이 오지 않았더라면 말이다. 그러한 절망을, 그러한 심한 구역질을 느꼈다는 사실, 그리고 거기에 굴복하지 않았다는 사실, 그의 가슴속에 행복의 근원이자 내면의 목소리이기도 한 새가 여전히 살아 있었다는 사실, 이 모든 사실에 그는 기쁨을 느꼈다. 웃음이 흘러나왔고 반백의 머리카락으로 덮인 얼굴은 기쁨으로 빛났다.

그는 생각했다. '알아야 할 모든 것을 직접 체험해보는 것은 좋은 일이지. 세상의 쾌락과 부가 좋은 것이 아니라는 사실은 어린 시절에 이미 배웠어. 그 사실을 안 지는 오래되었지만 이제야 비로소 직접 체험한 거야. 이제야 그 사실을 제대로 알게 됐고, 머리로만 아는 것이 아니라 눈과 가슴, 위로도 알게 되었어. 그 사실을 알게 된 건 잘된 일이야!'

그는 오랫동안 자신의 변화에 대해 곰곰이 생각해보았고, 기쁨에 겨워 노래하는 새소리에 귀를 기울여보았다. 그의 내면에 있던 새가 죽지 않았단 말인가, 그는 그 새가 죽었다고 느끼지 않았던가? 그렇다. 그의 내면에서 죽은 것은 다른 무엇, 오래전부터 죽기를 갈망했던 다른 무엇이었다. 그것은 일찍이 그가 열렬한 참회자였던 시절에 소멸시키고자 했던 것이 아니던가? 그의 자아, 작고 불안과 자만심으로 가득찬, 그가 여러 해 동안 싸워왔으나 몇 번이고 자신을 이겼던, 소멸시켜도 매번 다시 살아나 기쁨을 앗아가고 두려움을 안겨주던 그 자아가 아니던가? 오늘 여기 숲속에서, 이 아름다운 강가에서 마침내 죽음을 맞이한 것은 그 자아가 아닌가? 그가 지금 어린아이처럼 확신에 차 있고 두려움 없이 기뻐할 수 있는 것은 바로 그 자아의 죽음 덕분이 아닐까?

이제 싯다르타는 자신이 브라만으로서, 참회자로서 벌였던 자아와의 싸움이 무엇 때문에 허사로 돌아갔는지도 어렴풋이 알 수 있었다. 너무 많은 지식, 너무 많은 성스러운 구절, 너무 많은 제사의 규칙, 지나친 금욕, 지나친 행위와 노력이 방해가 되었던 것이다! 그는 자만심으로 가득차 있었고, 언제나 가장 현명한 자였으며, 언제나 가장 열성적인 사람, 언제나 다른 사람보다 한 걸음 앞선 자, 언제나 박식하고 정신적인 자, 언제나 사제거나 현자였다. 자아는 그런 사제 의식, 오만함, 지성 속으로 숨어들어 단단히 자리를 잡고 자라나는데, 그는 단식과 참회로 그 자아를 소멸시킬 수 있으리라 생각했던 것이다. 이제 싯다르타는 그 사실을 깨달았고, 어떤 스승도 자신을 구원해줄 수 없을 것이라던 내밀한 목소리가 옳았음을 알게 되었다. 그래서 내면에 있는 사제와 사문이 죽을 때까지, 그는 세상 속으로 들어가야 했고, 환락과 권세, 여인과 돈에 빠져들어야만 했으며, 장사꾼, 도박꾼, 주정뱅이가 되고 탐욕스러운 인간이 되어야 했던 것이다. 그래서 마지막이 올 때까지, 쓰라린 절망을 맛볼 때까지, 관능을 추구하는 싯다르타, 탐욕스러운 싯다르타가 죽을 때까지, 그 추잡한 세월을 견디고 역겨움과 공허함, 황량하고 타락한 삶의 무의미함을 견뎌내야 했던 것이다. 이제 그자는 죽고, 새로운 싯다르타가 잠에서 깨어났다. 물론 이 싯다르타 역시 늙고 이자도 언젠가는 죽을 것이며, 싯다르타는 덧없는 존재이고, 형상을 가진 모든 것은 무상하다. 하지만 이 새로운 싯다르타는 오늘만큼은 젊고, 어린아이와 같으며, 기쁨으로 충만했다.

이런 생각을 하면서 그는 미소 지은 채 자신의 위에서 나는 소리에 귀를 기울였고 벌이 붕붕거리는 소리를 감사한 마음으로 들었다. 그는 명랑한 기분으로 유유히 흘러가는 강물을 바라보았는데, 강물이 지금처럼 마음에 든 적은 일찍이 한 번도 없었고, 흘러가는 강물 소리와 강물 소리가 들려주는 비유가 이처럼 강렬하고 아름답게 들렸던 적도 없었다. 강물이 그에게 어떤 특별한 것, 그는 아직 모르지만 그를 기다리고 있는 특별한 것에 대해 이야기하려는 듯했다. 싯다르타가 빠져 죽으려 했던 강물이었다. 지치고 절망에 빠져 있던 옛날의 싯다르타는 정말로 오늘 이 강물에 떨어져 죽어버렸다. 그러나 새로운 싯다르타는 유유히 흘러가는 이 강물에 깊은 사랑을 느꼈고, 다시는 그렇게 빨리 이 강을 떠나지 않기로 했다.

뱃사공

이 강에 머물러야겠다. 싯다르타는 생각했다. 오래전 어린아이 같은 사람들에게 가는 길에 건넜던 바로 그 강이야. 그때 어떤 친절한 뱃사 공이 강을 건네주었지. 그 뱃사공을 찾아가야겠다. 그때 뱃사공의 오두 막에서 지금은 비록 낡아 죽어버린 삶이기는 하지만─나의 새로운 삶 이 시작되었으니 지금 나의 길, 나의 새로운 삶도 그곳을 출발점으로 삼으리라!

그는 흐르는 강물, 속이 들여다보이는 초록빛 강물, 신비한 무늬를 그려내는 수정 같은 물결을 부드러운 눈길로 들여다보았다. 그는 반짝 이는 진주들이 물속 깊은 곳에서 솟아나고, 또 파란 하늘이 비치는 잔 잔한 물거품이 거울 같은 수면 위로 떠다니는 모습을 쳐다보았다. 강물 은 수천 개의 눈으로, 초록색 눈, 흰색 눈, 수정 같은 눈, 하늘처럼 푸른색 눈으로 그를 바라보고 있었다. 이 얼마나 사랑스러운 강물인가, 이 얼마나 매혹적인 강물이며, 얼마나 감사한 강물인가! 그는 마음속에서 새로 깨어난 목소리가 말하는 바를 들었다. 이 강물을 사랑하라! 이 강물 곁에 머물러라! 이 강물로부터 배워라! 아, 그렇다. 그는 강물로부터 가르침을 얻기를 바랐고, 강물에 귀를 기울이고자 했다. 강물과 그 비밀을 이해하는 사람은 또다른 많은 것, 수많은 비밀, 모든 비밀을 이해하게 될 것 같았다.

그러나 강의 비밀 가운데 오늘 하나를 보게 되었고, 그 비밀은 그의 영혼을 사로잡았다. 그가 알게 된 비밀이란, 강물은 흐르고 또 흐르고 끊임없이 흘러가지만 언제나 그곳에 존재하며 매 순간 같은 강물이면서도 새로운 강물이라는 것이다! 아, 과연 누가 이것을 파악하고, 이것을 이해할 수 있을까! 싯다르타 자신도 이해하고 파악한 것은 아니었고, 단지 어떤 예감, 아득한 기억, 신의 목소리 같은 것을 느꼈을 뿐이다.

싯다르타는 자리에서 일어났다. 너무 허기져서 참을 수가 없었다. 그는 배고픔을 견디면서 강기슭에 난 좁다란 길을 따라 상류 쪽으로 발걸음을 옮겼고, 그러는 동안 흐르는 강물 소리와 뱃속에서 꼬르륵거리는 소리에 귀를 기울였다.

그가 나루터에 이르렀을 때 마침 나룻배가 떠날 준비를 하고 있었다. 나룻배에는 옛날 그가 젊은 사문이었을 적에 강을 건네준 바로 그 뱃사공이 서 있었다. 뱃사공은 이제 나이가 지긋한 모습이었으나, 싯다르타는 그를 알아보았다.

"강을 좀 건네주시겠습니까?" 싯다르타가 물었다.

뱃사공은 매우 지체 높은 사람이 혼자 걸어오는 모습을 보고 깜짝 놀랐고, 그를 나룻배에 태운 다음 노를 저어나갔다.

　"참 멋진 삶을 선택하셨군요." 나룻배에 탄 손님이 말했다. "날마다 강가에서 생활하면서 강을 건너다니는 것은 정말 멋진 일이겠지요."

　뱃사공은 미소를 띠고 노를 저으며 말했다. "멋진 일이지요. 손님께서 말씀하신 그대로입니다. 하지만 모든 삶, 모든 일이 나름대로 다 멋지지 않은지요?"

　"아마 그럴지도 모르지요. 하지만 나는 당신이 하는 일이 부럽군요."

　"그렇지만 손님께서 이 일을 하신다면 금방 흥미를 잃을 것입니다. 이 일은 좋은 옷을 입은 분들이 할 일은 아니거든요."

　싯다르타는 웃음을 터뜨렸다. "나는 오늘 이미 이 옷 때문에 한차례 주목을 받고, 또 의심의 눈초리도 받았습니다. 뱃사공 양반, 내게 부담만 되는 이 옷을 받아주지 않으시겠습니까? 당신도 곧 알겠지만, 나는 당신에게 치를 뱃삯도 없으니 말이지요."

　"손님께서는 농담을 하시는군요." 뱃사공이 웃으면서 말했다.

　"농담이 아닙니다. 전에도 당신은 삯을 받지 않고 나를 나룻배에 태워 강을 건네준 적이 있어요. 오늘도 강을 건네주고 계시니, 그 대가로 내 옷을 받아주십시오."

　"그러면 손님께서는 옷도 없이 여행을 계속하실 작정인가요?"

　"아, 내가 가장 바라는 것은 여행을 계속하지 않는 겁니다. 내가 진심으로 원하는 것은, 뱃사공 양반, 당신이 내게 몸을 가릴 헌옷이라도 한벌 주고, 나를 당신의 조수, 아니 차라리 당신의 견습생으로 받아주는 것입니다. 나는 일단 배를 움직이는 법부터 배워야 하니 말이지요."

뱃사공은 유심한 눈길로 낯선 남자를 한참 바라보았다.

"이제야 당신을 알아보겠습니다." 그가 마침내 말문을 열었다. "언젠가 내 오두막에서 유숙한 적이 있지요. 아주 오래전 일, 이십 년도 더된 일 같군요. 그때 나는 당신을 배에 태워 강을 건네주었고 우리는 좋은 친구가 되어 작별인사를 나누었지요. 그때 당신은 사문이 아니었나요? 아무리 생각해도 당신 이름은 기억나지 않는군요."

"내 이름은 싯다르타입니다. 당신이 지난번에 나를 보았을 때는 사문의 신분이었지요."

"잘 오셨습니다, 싯다르타. 내 이름은 바수데바*입니다. 오늘도 내 손님이 되어 내 오두막에 자면서, 어디서 오는 길인지, 그 좋은 옷들이 어째서 당신에게 성가신 것이 되어버렸는지 이야기해주십시오."

그사이 그들은 강 한복판에 이르렀고, 바수데바는 강물의 흐름을 거슬러 나아가기 위해 더욱 힘주어 노를 저었다. 그는 시선을 뱃머리에 고정시키고 억센 팔로 조용히 노를 저었다. 싯다르타는 앉아 그 모습을 지켜보면서, 오래전 사문으로 보낸 마지막 날 이 사람에 대한 사랑이 가슴에서 샘솟던 일을 떠올려보았다. 그는 바수데바의 초대를 감사한 마음으로 받아들였다. 건너편 강기슭에 도착하자 싯다르타는 바수데바를 도와 배를 말뚝에 잡아맸다. 이어 뱃사공은 싯다르타를 자기 오두막으로 청해 빵과 물을 내주었고, 싯다르타는 그 음식을 맛있게 먹어치운 다음 바수데바가 권하는 망고까지 맛있게 먹었다.

해가 질 무렵, 그들은 다시 강기슭으로 가서 나무 그루터기에 나란

---

* 신화에서 비슈누 신의 여덟번째 화신인 크리슈나의 아버지. 크리슈나가 목숨의 위협을 받자 강을 건네 도망치게 했다고 한다.

히 걸터앉았고, 싯다르타는 뱃사공에게 자신의 출신과 삶에 대해, 오늘 맞닥뜨린 절망의 순간 눈앞에 스쳐지나간 자신의 삶에 대해 들려주었다. 이야기는 밤늦도록 이어졌다.

바수데바는 싯다르타의 이야기에 매우 주의깊게 귀를 기울였다. 그는 싯다르타가 이야기하는 출신, 유년 시절, 모든 배움의 과정, 구도의 과정, 모든 기쁨과 고통 등을 전부 주의깊게 들으면서 마음에 새겼다. 이것이야말로 뱃사공이 가진 아주 훌륭한 미덕 중 하나였다. 그는 귀기울여 남의 이야기를 들어주었고, 그런 사람은 정말 드물었다. 이야기를 하는 동안 싯다르타는 바수데바가 한 마디 말 없이 조용하고 열린 마음, 기다리는 자세로 자신의 말을 마음에 담고, 한 마디도 빠뜨리지 않고 들으며, 조바심도 내지 않고 또 칭찬하거나 나무라는 일도 없이 그저 가만히 들어주고 있음을 느꼈다. 이렇게 자기 말을 들어주는 사람에게 고백하는 것, 그 사람의 마음에 자신의 삶, 구도의 과정 그리고 고뇌를 털어놓는 것이 너무나도 행복한 일로 여겨졌다.

싯다르타의 이야기가 막바지에 이르렀을 무렵, 다시 말해 강가의 야자수에 대해, 깊은 절망에 대해, 성스러운 옴에 대해 그리고 단잠에서 깨어난 후 강에 애정을 느끼게 된 일에 대해 설명할 때, 뱃사공은 한층 더 주의를 기울이면서 지그시 눈을 감고 싯다르타의 이야기에 완전히 빠져들었다.

싯다르타가 말을 마치자 긴 침묵이 흘렀고, 마침내 바수데바가 입을 열었다. "내가 생각했던 그대로군요. 강이 당신에게 말을 걸었어요. 강은 당신과도 친구가 되었고, 당신에게 말을 건넨 것입니다. 좋은 일이고, 정말 잘된 일입니다. 내 집에 머물도록 하세요, 친구 싯다르타여. 한

때 내게도 잠자리를 같이하던 아내가 있었지만, 이미 오래전에 세상을 떠나 나 혼자 산 지가 꽤 되었거든요. 이제 내 집에서 지내도록 해요. 두 사람이 지낼 수 있을 만큼 방이 넉넉한데다 먹을 양식도 충분합니다."

"감사합니다." 싯다르타가 말했다. "당신의 호의를 고맙게 받겠습니다. 그리고 바수데바, 나의 말을 그렇게 경청해준 데 대해서도 감사를 표하고 싶습니다! 남의 말을 귀기울여 들을 줄 아는 사람은 드물어요. 당신만큼 남의 말을 잘 경청하는 사람은 만나본 적이 없습니다. 그런 점도 당신에게서 배우고자 합니다."

"배우게 될 것입니다." 바수데바가 말했다. "하지만 나한테서는 아닐 겁니다. 경청하는 법을 내게 가르쳐준 것은 강물이고, 당신도 강물로부터 배우게 될 테지요. 강은 모든 것을 알고 있으니 우리는 모든 것을 강물로부터 배울 수 있어요. 보세요, 당신도 이미 아래를 향해 나아가고, 가라앉고, 깊이를 추구하는 것이 좋은 일이라는 것을 이 강물로부터 배웠잖습니까. 부유하고 고귀한 싯다르타가 노 젓는 사람이 되려고 한다, 학식 있는 브라만 싯다르타가 뱃사공이 되고자 한다, 이 역시 강이 당신에게 들려준 거고요. 당신은 강물로부터 다른 것도 배우게 될 것입니다."

한참 동안 침묵이 흐른 후 싯다르타가 입을 열었다. "다른 어떤 것 말씀이신지요, 바수데바?"

바수데바는 몸을 일으키며 말했다. "시간이 너무 늦었군요. 이제 잠자리에 들도록 합시다. 오 친구여, '다른 것'에 대해서는 내가 말해줄 수 없습니다. 당신은 그것을 직접 배우게 될 테고, 어쩌면 이미 알고 있는지도 모르지요. 보십시오. 나는 학식 있는 사람도 아니고, 말을 잘하지도 못하며, 사색하는 법도 모릅니다. 다만 다른 사람의 말을 경청할 줄 알고 경건한 자세를 지니는 법을 알 뿐, 그 밖에는 배운 것이 없습니다. 내게 말하고 가르치는 능력이 있었다면 현자가 되었을지도 모르지만, 나는 한낱 뱃사공에 불과하고 내 임무란 사람들을 배에 태워 강을 건네주는 것이지요. 나는 많은 사람, 수천 명의 사람을 배에 태워 강을 건네주었는데, 그들 모두에게 나의 이 강은 여행을 하는 데 장애물에 불과했어요. 그들은 돈과 사업을 찾아, 결혼식에 가고자, 순례를 위해 여행을 나섰는데, 이 강은 그들의 길을 가로막는 장애물이었고, 뱃사공의 일은 그들이 재빨리 장애물을 건너도록 해주는 것이지요. 하지만 수천 명 중에 몇 사람, 네댓 명 정도는 이 강을 장애물로 여기지 않게 되어, 이 강의 소리를 듣고, 강의 소리에 귀를 기울였으며, 이 강이 내게 성스러운 것이 되었듯이 그들에게도 성스러운 것이 되었습니다. 이제 가서 쉬도록 합시다, 싯다르타."

싯다르타는 뱃사공의 집에 머물면서 나룻배 다루는 법을 익혔고, 나루터에서 할일이 없을 때는 바수데바와 함께 벼가 자라는 들판에 나가 일하거나 땔감을 장만하거나 바나나나무에서 열매를 따곤 했다. 그는 노 만드는 법을 배웠고, 나룻배를 수리하는 법, 바구니 짜는 법도 배웠다. 그는 모든 배움에 즐거움을 느꼈고, 날과 달은 유수처럼 흘러갔다. 그런데 바수데바가 그에게 가르쳐줄 수 있는 것 이상으로 강이 많은 것을 가르쳐주었다. 그는 강으로부터 끊임없이 배웠다. 무엇보다 경청하는 법, 차분한 마음과 열려 있으며 기다리는 영혼으로, 어떤 격정이나 욕망에도 동요하지 않고 판단이나 의견을 내는 법 없이 귀기울여

126

듣는 법을 배웠다.

그는 바수데바와 함께 다정하게 지냈고 이따금 서로 이야기를 주고 받기도 했는데, 몇 마디 되지 않는 말이었지만 오랜 숙고에서 나온 것들이었다. 바수데바는 말하기를 좋아하는 사람이 아니었기에 싯다르타로서는 그의 말문을 열기가 쉽지 않았다.

한번은 그가 바수데바에게 이렇게 물었다. "당신도 그 비밀, 그러니까 시간이 존재하지 않는다는 비밀을 저 강으로부터 배웠습니까?"

그러자 바수데바의 얼굴에 환한 미소가 차올랐다.

"그렇습니다, 싯다르타." 그가 말했다. "당신은 강물은 어디에나 동시에 존재한다는 것, 강의 원천에서나 강어귀에서나 폭포에서나 나루터에서나 시냇물의 여울에서나 바다에서나 산에서나 그 모든 곳에서 동시에 존재하고, 또 강에는 다만 현재만 있을 뿐 과거의 그림자도 미래의 그림자도 없다는 말을 하려는 거죠?"

"바로 그것입니다." 싯다르타가 말했다. "그 사실을 배웠을 때 내 삶을 되돌아보게 되었는데, 내 삶도 한줄기 강물과 다름없더군요. 소년 싯다르타는 장년 싯다르타 그리고 노년 싯다르타와 단지 그림자로 분리되어 있을 뿐 어떤 현실적인 것으로 분리되어 있지 않다는 말입니다. 그러니까 싯다르타의 전생도 결코 과거가 아니고, 그의 죽음이나 브라만으로의 회귀도 결코 미래가 아닌 거죠. 그 어떤 것도 과거가 아니고 그 어떤 것도 미래가 아니며, 모든 것이 현존하고 있고 모든 것이 실재이며 현재입니다."

이 깨달음이 그를 더없이 충만하게 만든 덕에, 싯다르타는 황홀한 기분이 되어 말했다. 아, 일체의 번뇌는 시간에서 오는 것이 아닌가, 모든 괴로움과 두려움도 시간에서 오는 것이 아닌가, 인간이 시간을 극복하고 시간이라는 개념에서 벗어날 수만 있다면 이 세상의 온갖 어려움, 온갖 버거움은 지나가고 극복되지 않을까? 그는 무아지경에 빠져 말을 이었다. 그런데 바수데바는 그를 향해 환한 미소를 짓고 그의 말에 동의를 표하며 고개를 끄덕일 뿐이었고, 말없이 고개를 끄덕이다가 손으로 싯다르타의 어깨를 쓰다듬고는 자신의 일로 되돌아갔다.

한번은 우기에 강물이 불어나 무서운 소리를 내며 거세게 흐를 때 싯다르타가 말했다. "친구여, 이 강은 아주 많은 소리를 갖고 있는 것이 아닐지요? 왕의 소리, 전사의 소리, 황소의 소리, 밤새의 소리, 아이를 낳는 여인의 소리, 탄식하는 사람의 소리, 그 밖에도 수천 가지 소리를 갖고 있는 것이 아닐지요?"

"그렇습니다." 바수데바가 고개를 끄덕였다. "강의 소리에는 삼라만상의 모든 소리가 들어 있지요."

"당신은," 싯다르타가 말을 이었다. "강에서 나는 수만 가지 소리를 전부 들을 수 있다면, 강물이 무슨 말을 하는지도 알겠군요?"

바수데바는 기쁨에 겨워 만면에 미소를 띠더니, 싯다르타를 향해 몸을 굽히고는 그의 귀에 대고 성스러운 옴을 발했다. 싯다르타도 들었던 바로 그 소리였다.

그리고 날이 갈수록 싯다르타의 미소는 점점 더 뱃사공의 미소를 닮아갔다. 그의 미소는 뱃사공의 미소처럼 밝은 빛을 발했고, 그처럼 행복으로 반짝였으며, 똑같이 무수한 잔주름 사이로 빛이 새어나왔고, 똑같이 어린아이의 미소 같고 똑같이 노인의 미소 같았다. 많은 여행자들은 두 사람을 보면서 그들이 형제이리라 여겼다. 저녁이 되면 두 사람은 자주 강가에 있는 나무 그루터기에 앉아 말없이 강물 소리에 귀를 기울였는데, 이제 그들에게 그것은 단지 물소리에 불과한 것이 아니라 생명의 소리, 현존하는 것의 소리, 영원히 생성되는 것의 소리였다. 때로 두 사람은 물소리를 들으며 똑같은 것을 생각하기도 했다. 두 사람 모두 엊그제 나누었던 대화를 생각하고, 배에 태운 사람들 중에서 얼굴과 운명이 생생히 기억에 남는 사람에 대해 생각하고, 죽음을 생각하고, 유년 시절에 대해 생각했으며, 강물이 무엇인가 좋은 말을 들려주는 순간에는 함께 같은 것을 생각하면서 서로의 얼굴을 바라보았고, 똑같은 질문에 똑같이 대답하면서 기뻐했다.

이 나루터와 두 뱃사공에게서는 무엇인가 기이한 분위기가 흘러나왔고, 몇몇 여행자들은 이를 느끼기도 했다. 때로는 여행자가 두 뱃사공 중 한 사람의 얼굴을 들여다보다가 자기 인생과 고통에 대해 이야기하고, 자신의 악행을 고백하고, 위로나 조언을 구하는 일도 일어났다. 때로는 여행자가 강물 소리에 귀를 기울여보려고 그들 곁에서 하룻밤 머물기를 청하는 일도 있었다. 그런가 하면 그 나루터에 두 사람의 현자, 마법을 행하는 자, 또는 성자가 살고 있다는 풍문을 듣고 호기심에 찾아오는 사람들도 있었다. 호기심 많은 사람들은 온갖 질문을 던져보았지만 아무런 답변도 들을 수 없었다. 그들은 두 뱃사공에게서 마법을 행하는 자나 현인의 모습을 찾지 못했고, 다만 말없고 어딘가 기이하고 좀 어리숙해 보이는 친절한 노인 두 사람만을 볼 수 있을 따름이었다. 이에 호기심 많은 사람들은 웃음을 터뜨리며 사람들이 어찌나 어리석고 경박한지 헛소문을 퍼뜨리고 다닌다고 입방아를 찧었다.

그렇게 여러 해가 흘러갔지만 두 사람 중 누구도 시간이 얼마나 흘렀는지 헤아리지 않았다. 그러던 어느 날 고타마, 즉 부처의 제자인 승려들이 순례길에 이들을 찾아와 강을 건네달라고 부탁했고, 두 뱃사공은 이 승려들이 위대한 스승인 세존에게로 급히 되돌아가는 길임을 알게 되었다. 세존께서 중병이 들어 머지않아 인간으로서 마지막 숨을 거두고 열반에 들 것이라는 소문이 퍼져 있었기 때문이다. 얼마 지나지 않아 순례에 나선 또다른 승려의 무리가 강을 건너러 왔고, 이어서 또한 무리가 나타났다. 승려뿐 아니라 다른 여행자들이나 나그네들도 대부분 고타마와 그분의 임박한 죽음만을 화제로 삼았다. 출정 행렬이나 왕의 대관식을 구경하려는 대열에 동참하듯 전국 방방곡곡에서 사람들이 몰려들었고, 개미떼처럼 무리를 지어 마치 마법의 힘에 이끌리기라도 하듯 위대한 부처가 입적하게 될 그곳, 엄청난 사건이 일어날 참인 그곳, 한 시대의 위대한 완성자가 열반의 세계에 들어가게 될 그곳을 향해 몰려갔다.

그동안 싯다르타도 임종을 앞둔 현자이자 위대한 스승인 부처에 대한 생각을 많이 했다. 중생을 일깨우고 수많은 사람을 각성시켜주었던 그분의 음성을 자신도 직접 들은 적이 있었고, 또 그분의 성스러운 얼굴을 경외의 눈으로 바라본 적도 있었다. 싯다르타는 정겨운 마음으로 그분을 회상하고, 완성을 향해 나아간 그분의 행로를 눈앞에 그려보았으며 일찍이 젊었을 때 세존께 던졌던 말들을 떠올리며 미소를 머금었다. 지금 생각해보니 오만한데다 너무 당돌한 말이었고, 싯다르타는 미소 지으며 그 말들을 다시금 떠올려보았다. 오래전부터 그는 자신과 고타마가 분리되지 않는다는 것을 알았지만 고타마의 가르침을 받아들일 수는 없었다. 그렇다, 진실로 구도하는 자, 진실로 깨달음을 얻기를 원하는 자는 어떤 가르침도 받아들일 수 없는 법이다. 하지만 깨달음을 얻은 자는 어떤 가르침이나 어떤 방법, 어떤 목표라도 인정해줄 수 있다. 그런 경지에 이른 자는 영원 속에 살며 신적인 것을 호흡하는 수천의 다른 사람들로부터 결코 분리될 수가 없다.

그토록 많은 사람이 죽음을 앞둔 부처를 향해 순례의 길에 나서던 그 무렵의 어느 날, 한때 가장 아름다운 창부였던 카말라도 부처를 향해 순례의 길에 나섰다. 그녀는 벌써 오래전에 옛 생활을 청산하고 자기 장원을 고타마의 제자인 승려들에게 헌납하고는 부처의 가르침에 귀의했고, 순례자들의 친구요 후원자가 되어 있었다. 고타마의 입적이 임박했다는 소식을 듣고, 그녀는 자기 아들인 소년 싯다르타와 함께 수수한 옷차림을 하고 걸어서 순례에 나섰다. 카말라는 어린 아들을 데리고 강을 따라 걸었다. 그런데 소년은 금방 지쳐서 집으로 돌아가고 싶어했고, 쉬었다 가자고 조르고, 먹을 것을 달라고 보채고, 떼를 쓰며 울음을 터뜨리기도 했다. 카말라는 아들과 함께 쉬기 위해 자주 걸음을 멈추어야 했는데, 소년은 어머니의 뜻을 거스르면서 멋대로 구는 버릇이 들어 있었고, 어머니는 아들에게 먹을 것을 챙겨주고 아이를 달래고 나무라야 했다. 소년은 무엇 때문에 어머니와 함께 잘 알지도 못하는 곳으로, 죽음에 임박한 성자라는 낯선 이를 향해 이렇게 힘들고 괴롭기 짝이 없는 여행을 해야 하는지 도저히 이해할 수 없었다. 그 사람이 죽든 말든 자기와 무슨 상관이란 말인가?

순례하던 그들이 바수데바의 나루터에서 멀지 않은 곳에 이르렀을 때, 소년 싯다르타는 또다시 쉬어가자고 어머니를 졸랐다. 카말라 역시 지쳤기에, 소년이 바나나 하나를 먹는 동안 그녀도 땅바닥에 털썩 주저

앉아 잠시 눈을 감고 휴식을 취했다. 그러다가 그녀가 갑자기 외마디 비명을 질렀고, 아들이 깜짝 놀라 쳐다보니 어머니의 얼굴은 공포로 하얗게 질려 있었다. 옷자락 밑에서 카말라를 문 작고 검은 뱀 한 마리가 스르륵 빠져나왔다.

두 사람은 사람들이 있는 곳에 이르기 위해 허둥지둥 달음박질쳐 나루터 가까이 도착했다. 그곳에서 카말라는 쓰러져 더이상 걸음을 옮기지 못했다. 그러자 소년이 애처롭게 울부짖으며 어머니에게 입을 맞추고 어머니의 목을 끌어안았고, 어머니도 소년의 비명에 가세해 도와달라고 외쳐, 마침내 그 소리가 나루터에 있던 바수데바의 귀에 닿았다. 그는 재빨리 두 사람이 있는 곳으로 달려와 여인을 안아 배에 실었고 소년도 뛰어서 따라와, 그들은 곧이어 오두막에 도착했다. 싯다르타는 아궁이에 불을 지피고 있었다. 그는 고개를 들고 먼저 소년의 얼굴을 바라보았는데 그 얼굴이 이상하게도 잊고 있던 과거의 일을 생각나게 했다. 이어 의식을 잃고 뱃사공의 팔에 안겨 있는 여자에게로 시선을 옮겼고, 싯다르타는 그녀가 카말라임을 곧바로 알아보았다. 그제서야 오래된 기억을 또렷하게 상기시키는 얼굴의 소년이 자기 아들임을 깨달았다. 그의 가슴에서 심장이 마구 고동치기 시작했다.

카말라의 상처 부위는 씻어냈는데도 이미 검푸르게 변해 있었고 온몸은 퉁퉁 부어올라서, 치료약을 입에 흘려넣었다. 의식을 회복했을 때, 그녀는 오두막에 있는 싯다르타의 침상에 누워 있었고, 머리맡에는 예전에 자기를 그토록 사랑했던 싯다르타가 몸을 굽히고 서 있었다. 이 모든 일이 마치 꿈처럼 느껴져, 카말라는 미소를 지으며 친구의 얼굴을 찬찬히 바라보았다. 그러다가 서서히 자신이 지금 어떤 상황에 처했는지 깨달았고 뱀에 물렸다는 것을 기억해내고는 걱정스럽게 아이를 불렀다.

"아이는 당신 곁에 있으니 걱정하지 마요." 싯다르타가 말했다.

카말라는 싯다르타의 눈을 물끄러미 바라보고는 온몸에 퍼진 독 때문에 마비되어 잘 움직이지 않는 혀로 말했다. "당신, 많이 늙었군요. 머리도 거의 반백이 되었고요. 그런데도 한때 옷도 제대로 갖추지 못하고 발에 먼지가 잔뜩 묻은 채 나의 장원에 들어서던 젊은 시절의 사문과 똑같은 모습이네요. 나와 카마스바미를 떠났을 때보다 지금이 오히려 젊은 시절 사문의 모습과 더 닮았고, 지금 당신의 눈은 사문 시절의 눈과 같아요, 싯다르타. 아, 나도 이렇게 늙었지요―그런데도 나를 알아봤나요?"

싯다르타는 미소를 지으며 말했다. "곧바로 당신을 알아보았지요, 사랑하는 카말라."

카말라는 소년을 가리키며 말했다. "이 아이도 알아보겠나요? 당신 아들이랍니다."

그녀의 두 눈은 초점을 잃기 시작하다 이내 감기고 말았다. 소년은 울음을 터뜨렸고, 싯다르타는 소년을 무릎에 앉히고 울도록 내버려둔 채 머리를 쓰다듬어주었다. 소년의 얼굴을 내려다보고 있노라니 자신이 어렸을 적에 배운 브라만의 기도가 떠올랐다. 그는 입을 열어 천천히 노래 부르듯 기도를 읊조리기 시작했고, 그러자 지나간 과거와 어린 시절로부터 기도의 말이 현재의 그에게로 흘러왔다. 싯다르타의 노래 부르는 듯한 기도 소리에 아이는 차츰 안정을 되찾았고, 이따금 훌쩍거리다가 스르르 잠이 들었다. 싯다르타는 소년을 바수데바의 침상에 살

며시 뉘었다. 바수데바는 부뚜막에 서서 쌀로 밥을 짓고 있었다. 싯다르타가 그에게 눈길을 보내자, 그가 미소로 대답했다.

"아이 엄마는 죽을 겁니다." 싯다르타가 나직이 말했다.

바수데바는 고개를 끄덕였고, 아궁이에서 나오는 불빛은 그의 다정한 얼굴을 비추었다.

카말라는 다시 한번 깨어나 잠시 의식을 되찾았다. 그녀의 얼굴은 고통으로 일그러져 있었고, 싯다르타의 눈은 그녀의 입과 백지장 같은 두 뺨에 드러난 고통을 읽었다. 그는 침착하고 세심하게, 기다리는 마음으로, 고통에 몰입해서 읽고 있었다. 카말라는 그것을 느꼈고, 그녀의 시선은 싯다르타의 두 눈을 찾았다.

그녀가 그를 쳐다보며 말했다. "지금 보니 당신의 눈도 달라졌네요, 아주 달라졌어요. 그런데 당신이 싯다르타라는 것을 내가 무엇으로 알 수 있을까요? 당신은 싯다르타이기도 하고, 싯다르타가 아니기도 하네요."

싯다르타는 아무 말도 하지 않고 조용히 그녀의 눈을 들여다보았다.

"당신은 그것을 얻었나요?" 그녀가 물었다. "마음의 평화를 얻었나요?"

그는 미소를 지으며 그녀의 두 손에 자기 손을 얹었다.

"그렇게 보여요." 그녀가 말했다. "내 눈에는 그렇게 보이는걸요, 나도 마음의 평화를 얻을 거예요."

"당신은 이미 마음의 평화를 얻었어요." 싯다르타는 속삭이듯 말했다.

카말라는 시선을 돌리지 않고 계속 그의 두 눈을 들여다보았다. 카말라는 완성자 고타마의 얼굴을 보고 그분의 평화를 호흡하기 위해 고타마에게로 순례를 떠나왔음을 떠올렸고, 그러면서 그분 대신 지금 싯다르타를 만난 것이며 이는 고타마를 만난 것만큼이나 잘된 일이라고 생각했다. 그녀는 그 사실을 싯다르타에게 이야기하려고 했으나 혀가 마음대로 움직여주지 않았다. 그녀는 말없이 그를 바라보기만 했고, 싯다르타는 그녀의 눈에서 생명이 꺼져가고 있음을 알아챘다. 마지막 고통이 그녀의 눈에 가득 차올랐다 스러졌고, 그녀의 몸이 마지막 경련을 일으키다가 멈추었을 때 그의 손가락이 그녀의 눈을 감겨주었다.

싯다르타는 오랫동안 그 자리에 앉아 영면에 든 그녀의 얼굴을 내려다보았다. 그녀의 입, 입술이 얇고 늙고 지친 입을 오랫동안 바라보면서, 젊었을 적 그녀의 입술을 막 터진 신선한 무화과 열매에 비유했던 일을 떠올렸다. 그곳에 오랫동안 앉아 그녀의 창백한 얼굴, 지친 듯한 주름을 바라보는 일에 완전히 몰두했고, 그는 자신의 얼굴도 그녀의 얼굴과 마찬가지로 창백해진데다 생명의 빛이 꺼진 채 거기에 누워 있는 것을 보았으며, 동시에 붉은 입술과 이글거리는 눈동자를 지녔던 젊은 시절 자신과 그녀의 얼굴도 보았다. 그러자 이 두 모습이 모두 현존하면서 동시에 실재한다는 감정, 영원성의 감정이 그를 온통 사로잡았다. 바로 그 순간 그는 그 어느 때보다도 더 깊이, 모든 생명의 불멸성과 모든 순간의 영원성을 느꼈다.

싯다르타가 자리에서 일어섰을 때, 바수데바는 벌써 그를 위해 밥상을 차려놓고 있었다.

그러나 싯다르타는 먹지 않았다. 두 노인은 염소를 키우는 외양간에 짚을 깔아 잠자리를 만들었고, 바수데바는 잠을 자려고 누웠다. 하지만 싯다르타는 밖으로 나가 오두막 앞에 앉아서, 강물 소리에 귀를 기울이면서 과거의 물줄기에 온몸을 내맡기고 자기 인생의 모든 시간과 재회하며 동시에 그 시간에 에워싸인 채 밤을 지새웠다. 그러다가 때때로 일어나 오두막 문 쪽으로 다가가서는, 소년이 자고 있는지 귀를 기울였다.

다음날 아침, 아직 해가 뜨기도 전에 바수데바는 외양간 밖으로 나와 자기 친구에게 걸어갔다.

"한숨도 안 잤군요." 그가 말했다.

"그렇습니다, 바수데바. 이곳에 앉아서 강물 소리에 귀를 기울이고 있었답니다. 강은 내게 많은 이야기를 들려주었어요. 특히 나의 마음을 치유해주는 사상, 단일성이라는 사상으로 나를 온통 채워주었습니다."

"당신은 고통을 겪었어요, 싯다르타. 하지만 어떤 슬픔도 당신의 가슴속을 파고들지는 못했음을 나는 압니다."

"그렇습니다, 친구여. 내가 슬퍼해야 할 까닭이 어디 있겠습니까? 지난날 나는 부유하고 행복했지만, 지금은 더 부유하고 더 행복해졌습니다. 아들도 선물받았지요."

"나도 당신 아들을 환영합니다. 하지만 싯다르타, 지금은 일을 하러 갑시다. 할일이 많아요. 카말라는 옛날 내 아내가 죽은 바로 그 침상에서 숨을 거두었습니다. 내 아내를 화장하기 위해 장작을 쌓아올렸던 그 언덕에 카말라를 화장할 장작더미를 쌓도록 합시다."

소년이 아직 잠들어 있는 동안, 그들은 장작을 쌓아올렸다.

아들

소년은 겁먹은 얼굴로 울면서 어머니의 장례식에 참석했고, 자신을 아들로 기쁘게 맞이하고 바수데바의 오두막에서 함께 잘 지내보자고 다독이는 싯다르타의 말도 우울하고 소심한 표정으로 잠자코 듣기만 했다. 소년은 창백한 얼굴로 며칠 동안이나 죽은 어머니 무덤가에 앉아, 아무것도 입에 대지 않고 두 눈과 마음의 문을 꼭 닫은 채 자신에게 닥친 운명에 저항하고 그를 거역하려 했다.

싯다르타는 소년을 보살펴주고 소년이 하고자 하는 대로 내버려두었으며 아이의 슬픔을 존중해주었다. 그는 아들이 아직 자신을 알지 못한다는 것, 그래서 아직 그를 아버지로서 사랑할 수 없다는 것을 이해했고, 또한 열한 살 난 이 아이가 버릇이 잘못 든 응석받이라는 것과 부자들의 습관에 길들여져 있고 맛있는 음식과 푹신한 침대, 하인을 부리는 것에 익숙해져 있다는 점도 서서히 깨닫고 이해하게 되었다. 싯다르타는 슬픔에 젖은 응석받이 아이가 낯선 환경과 가난한 삶에 순식간에, 그리고 순순히 만족할 수 없을 거라는 사실도 이해했다. 그래서 아이에게 억지로 강요하지 않았고, 아이를 위해 여러 일을 해주었으며, 항상 가장 맛있는 것을 골라 먹였다. 그는 서둘지 않고 다정하게 대하다 보면 아이의 마음을 얻을 수 있으리라 기대했다.

아이가 자신에게 왔을 때 그는 스스로가 부유하고 행복한 사람이라고 느꼈다. 하지만 시간이 많이 지나고도 소년이 여전히 낯을 가리고 우울하게 지냈으며, 건방지게 굴고 고집을 부렸고, 어떤 일도 하려 하지 않고 노인들에게 존경심도 보이지 않는데다, 바수데바의 나무에서 열매를 훔쳐먹기도 하자, 싯다르타는 자신의 아들이 행복과 평화를 가져다준 것이 아니라 고통과 근심을 가져다주었음을 깨닫기 시작했다. 하지만 그는 아들을 사랑했고, 아들 없이 행복과 기쁨을 누리느니 차라리 아들에 대한 사랑 때문에 고통과 근심을 얻는 편이 낫다고 여겼다.

소년 싯다르타가 오두막에서 같이 지내게 된 후부터 두 노인은 일을 분담해서, 바수데바는 다시 뱃사공 일을 혼자 떠맡았고, 싯다르타는 아들과 함께 있기 위해 오두막과 들판의 일을 도맡았다.

싯다르타는 아들이 자기를 이해하게 되기를, 자신의 사랑을 받아들여주기를, 그 사랑에 응답해주기를 오랫동안, 여러 달이 지나도록 기다렸다. 바수데바도 여러 달이 지나도록 지켜보면서 말없이 기다려주었다. 그러던 어느 날, 소년 싯다르타가 또다시 고집과 변덕을 부리면서 아버지를 심하게 괴롭혔고 아버지의 밥그릇 두 개를 깨뜨려버리기까지 하자 그날 저녁 바수데바는 친구를 불러내 말을 꺼냈다.

"이해해주기를 바랍니다." 그가 말했다. "당신을 생각하는 친구로서 하는 말입니다. 당신이 괴로워하며 근심하고 있다는 것을 잘 알아요. 당신의 아들은, 사랑하는 친구여, 당신에게뿐만 아니라 내게도 걱정을 끼치고 있습니다. 저 어린 새는 이곳과는 다른 생활, 다른 보금자리에 익숙해요. 저 아이는 당신처럼 구역질나고 질린 나머지 부와 도시로부터 도망쳐온 것이 아닙니다. 자신의 의지와는 상관없이 강제로 그 모든 것에서 떠나오게 됐지요. 나는 강물에게 물어보았습니다. 오, 친구여, 여러 번에 걸쳐 물어보았고말고요. 그런데 강물은 웃을 뿐입니다. 나를 보며 웃고, 당신을 보며 웃고, 우리의 어리석음에 대해 고개를 가로젓고 있어요. 물은 물과 어울리고, 청춘은 청춘끼리 어울리는 법인데, 당신의 아들은 지금 마음껏 자라날 수 있는 곳에 있지 않습니다. 당신이 강물에게 물어보고, 강물이 하는 말에 직접 귀를 기울여보세요!"

싯다르타는 걱정스러운 표정으로, 수많은 주름살 속에 한결같은 평온을 간직한 친구의 다정한 얼굴을 바라보았다.

"내가 그 아이와 헤어질 수 있을까요?" 싯다르타는 부끄러워하는 기색을 보이며 나직이 말했다. "내게 시간을 좀더 주세요, 친애하는 벗이여! 알다시피 나는 저 아이를 얻고자 싸우고 있답니다. 저 아이의 마음을 얻으려 애쓰고 있어요. 사랑과 다정이 깃든 인내심으로 사로잡으려 하고 있지요. 언젠가 때가 되면 강물이 저 아이에게도 말을 건넬 것입니다. 저 아이도 부름을 받고 있으니까요."

바수데바의 미소는 더욱 따뜻하게 피어올랐다. "아, 그렇고말고요. 저 아이도 부름을 받고 있지요. 저 아이 또한 분명 영원한 생명에서 왔으니까요. 그렇지만 우리가, 다시 말해 당신이나 내가 과연 안다고 할 수 있을까요? 저 아이가 무엇을 위해 부름을 받고 있는지, 어떤 길을 가고 또 어떤 행위를 하도록 부름을 받고 있으며 어떤 고통을 겪도록 부름을 받고 있는지 말입니다. 자부심이 강하고 마음이 드센 아이이니, 앞으로 저 아이가 겪을 고통은 적지 않을 것입니다. 그런 사람은 많은 고통을 겪고, 많은 방황의 길을 걸으며, 많은 과오를 범하고, 많은 죄업을 짊어지게 됩니다. 말해보세요, 친애하는 벗이여, 당신은 저 아이를 교육하고 있지 않나요? 저 아이에게 강요하지 않나요? 저 아이를 때리지 않나요? 저 아이를 벌주지 않나요?"

"그렇지 않습니다, 바수데바. 결코 그렇지 않아요."

"그래요. 당신은 아이에게 강요하지도, 아이를 때리지도, 아이에게 명령하지도 않습니다. 부드러움이 딱딱함보다 강하고, 물이 바위보다 강하며, 사랑이 폭력보다 강하다는 것을 알기 때문이죠. 아주 훌륭합니다. 하지만 저 아이에게 강요하지 않고 벌을 주지도 않는다고 여기는 것은 혹시 당신의 착각이 아닐까요? 당신은 혹시 사랑의 끈으로 아이를 속박하고 있지는 않습니까? 저 아이를 매일같이 부끄럽게 만들고, 또 호의와 인내심으로 저 아이를 더 견디기 힘들게 만들지는 않나요? 오만불손한 응석받이인 저 아이더러 바나나나 먹고 지내며 쌀밥은 특별한 음식이라고 여기는 두 노인과 함께 오두막에 살라고 강요하고 있다는 생각은 안 해봤나요? 저 아이의 생각은 우리 같은 노인의 생각과는 다르고, 저 아이의 심장도 이미 늙고 고요해진 우리 노인의 심장과는 박동이 다르지 않을까요? 저 아이는 사실 이 모든 일을 강요받으면서 벌을 받고 있는 것이 아닐까요?"

싯다르타는 당황하여 시선을 땅으로 떨구었다. 그러면서 조용한 목소리로 물었다. "당신 생각에는 내가 어떻게 해야 할 것 같습니까?"

바수데바가 말했다. "저 아이를 시내로, 어머니와 살던 집으로 데려다주세요. 그곳에는 아직 하인들이 있을 테니 그들에게 아이를 맡기고, 하인이 남아 있지 않다면 스승을 구해 아이를 맡기세요. 가르침을 위해서가 아니라 다른 소년들, 소녀들과 어울리게 하고 그가 속한 세계에 있게 하기 위해서요. 그런 생각은 안 해봤습니까?"

"당신은 내 마음을 꿰뚫어보고 있군요." 싯다르타가 슬픈 목소리로 말했다. "나도 여러 번 그 문제에 대해 생각해보았습니다. 하지만 그렇지 않아도 마음씨가 곱지 않은 아이를 어떻게 세상에 내보낼 수 있겠습니까? 저 아이가 호사를 즐기고, 쾌락과 권력에 빠지고, 아비의 모든 과오를 되풀이하면서 윤회의 소용돌이 속에 완전히 휘말려버리지 않을까요?"

뱃사공은 환한 미소를 짓고 싯다르타의 팔을 다정하게 어루만지며 말했다. "그것도 강물에게 물어보세요, 친구여! 강물이 그 말을 듣고 웃는 소리를 들어봐요! 당신은 과거에 스스로 어리석은 행동을 한 것이, 아들을 어리석은 행동으로부터 보호하기 위한 것이었다고 정말로 믿는 건가요? 아들을 윤회의 소용돌이로부터 어떻게든 지켜줄 수 있다고 생각해요? 도대체 어떻게요? 가르침을 통해서, 기도를 통해서, 훈계를 통해서? 친애하는 벗이여, 당신은 언젠가 이 자리에서 내게 브라만의 아들 싯다르타에 관해 매우 교훈적인 이야기를 들려주었는데, 그 이야기를 벌써 다 잊었나요? 사문이었던 싯다르타를 윤회로부터, 죄로부터, 탐욕으로부터, 어리석음으로부터 누가 지켜주었던가요? 아버지의 신앙심, 스승들의 훈계, 그 자신의 지식과 구도 행위가 지켜주었던가요? 스스로의 삶을 영위하고, 스스로 그러한 삶을 살면서 자신을 더럽히고 죄과를 짊어지고, 또 고배를 마시면서 스스로의 길을 개척하려고 하는데, 어떤 아버지, 어떤 스승이 그를 막을 수 있었지요? 사랑하는 친구여, 혹시 누군가는 그런 길을 피해갈 수 있다고 생각하나요? 당신이 어린 아들을 사랑하고, 그 아이만은 그런 번뇌와 고통, 환멸을 겪지 않기를 바란다고 해서 그게 가능할까요? 아들을 위해 열 번 죽는다 해도 당신은 그 아이의 운명을 털끝만큼도 덜어줄 수 없을 겁니다."

여태껏 바수데바가 이렇게 말을 많이 한 적은 한 번도 없었다. 싯다르타는 친구에게 다정하게 감사의 뜻을 표한 뒤 무거운 마음으로 오두막으로 들어갔고, 오랫동안 잠을 이루지 못했다. 바수데바가 한 말은 모두 실은 스스로도 생각해본 적 있고 알고 있던 사실이었다. 그러나 그가 행동으로 옮길 수 없는 앎이었다. 자식에 대한 사랑이, 자식을 아끼는 마음과 자식을 잃을지도 모른다는 불안감이 그 앎보다 더 강했던 것이다. 살아오면서 무엇에 이토록 마음을 빼앗긴 적이 있었던가? 이렇게나 맹목적으로, 이렇게나 고통스럽게, 이렇게나 아무 성과도 거두지 못한 채로, 그럼에도 이렇게나 행복한 마음으로 누군가를 사랑한 적이 있었던가?

싯다르타는 친구의 충고를 따를 수가, 아들을 떠나보낼 수가 없었다. 그는 아들이 자신에게 명령을 내리고 자신을 멸시해도 그냥 내버려두었다. 아무 말 없이 그저 기다릴 뿐, 매일같이 친절이라는 무언의 전투, 인내라는 무언의 전쟁을 시작한 것이다. 바수데바 역시 말없이 친절하게, 모든 것을 알면서도 참을성 있게 기다려주었다. 인내하는 일에서는 두 사람 모두 대가였다.

어느 날 소년의 얼굴이 유독 카말라를 떠오르게 했고, 싯다르타는 오래전 젊은 시절에 카말라가 했던 말을 떠올렸다. 카말라는 그에게 '당신은 사랑을 할 수 없는 사람'이라고 말했는데, 그는 그녀의 말에 동의하면서 자신을 하늘의 별에 비유하고 어린아이 같은 사람들을 떨어지는 나뭇잎에 비유했지만, 그러면서도 그녀의 말 속에 비난의 감정이 배어 있음을 감지했었다. 사실 그는 한 번도 어떤 사람에게 푹 빠져 온전히 그 사람에게 헌신하고, 자신을 잊어버리며, 다른 사람에 대한 사랑 때문에 어리석은 짓을 저지를 수 있었던 적이 없었다. 그는 결코 그렇게 할 수 없었고, 당시에는 바로 이러한 점이 자신과 어린아이 같은 사람들을 구분해주는 중요한 차이점이라고 여겼다. 그런데 지금은, 그의 아들이 나타나고부터는, 싯다르타 자신도 완전히 어린아이 같은 사람이 되어 한 인간 때문에 고통스러워하고, 한 인간을 사랑하며, 그 사랑에 빠져 자신을 잃고, 사랑 때문에 어리석은 짓을 저지르는 사람이 되어버렸다. 삶이 늘그막에 접어든 지금 그는 이렇게 강렬하기 짝이 없고 기이하기 짝이 없는 열정을 느끼고, 그 열정 때문에 고통을, 애처로울 정도의 고통을 느끼고 있었다. 그럼에도 그는 행복했고, 예전과는 달리 새로워졌으며, 더 풍요로워진 듯했다.

사실 그는 이 사랑, 자기 아들에 대한 맹목적인 사랑이 일종의 열정이자 매우 인간적인 무엇이라는 것, 윤회이자 슬픔의 원천이며 어두운 강물임을 잘 알고 있었다. 그럼에도 이 사랑이 어떤 무가치한 것이 아니라 필수 불가결한 것이며, 자기 존재의 본질에서 우러난 것임을 느꼈다. 이러한 쾌락 또한 속죄하며 맛보아야 하고, 이러한 고통 또한 감내해야 하며, 이러한 어리석은 행동 또한 저질러봐야 하는 것이었다.

한편 아들은 아버지가 이런 어리석은 행동을 하도록 그냥 내버려두었고, 환심을 사려고 애를 쓰고 또 변덕스러운 비위를 맞추려고 자신을 낮춰도 그냥 내버려두었다. 이 아버지라는 사람은 아들인 그를 기쁘게 할 만한 그 무엇, 두려워할 만한 그 무엇도 갖고 있지 않았다. 아버지는 선량하고 온화하며 다정한 사람, 어쩌면 아주 경건한 사람, 성자에 가까운 사람이었다―하지만 이 가운데 어떤 것도 아들의 마음을 얻을 만한 특성은 아니었다. 소년에게 아버지는 자신을 초라한 오두막에 가둬놓은 지겨운 존재, 지루하기 짝이 없는 사람이었고, 어떤 무례한 행동에도 미소를 짓고 어떤 모욕을 당해도 다정하게 굴며 어떤 악의에도 선하게만 대응하는 점이 늙은 위선자의 가증스러운 술수로만 여겨졌다. 소년으로서는 차라리 아버지에게 위협받고 학대를 당하는 편이 훨씬 나을 것 같았다.

　그러던 어느 날, 소년 싯다르타는 결국 감정이 폭발해 아버지에게 대놓고 맞섰다. 아버지가 그에게 땔감을 해오라고 일거리 하나를 주었던 것이다. 그러나 소년은 오두막에서 나오지 않고 고집스럽게 버티고 서서 화를 냈고, 발을 구르고 주먹을 움켜쥔 채 소리를 지르며 아버지의 면전에 대고 증오와 멸시의 말을 마구 퍼부었다.

　"땔감은 직접 해와!" 소년은 입에 거품을 물고 소리를 질렀다. "나는 당신 종이 아니야. 나를 때리지도 않을 거라는 거 다 알아. 감히 그러지도 못하면서. 당신은 경건하고 관대한 태도를 취하면서 계속 나를 벌주고 하찮게 만들려고 하는 거잖아. 내가 당신처럼 경건하고 부드럽고 현명해지기를 바라는 거지! 하지만 잘 들어, 나는 당신을 괴롭혀줄 거야, 당신처럼 되느니 차라리 강도나 살인자가 되어 지옥에 떨어지겠어! 당신을 증오해. 당신은 내 아버지가 아냐. 당신이 열 번이나 내 어머니의 정부였다고 해도 마찬가지라고!"

분노와 원한이 들끓어, 소년은 아버지에게 거칠고 험한 말을 수없이 퍼부어댔다. 그러고 나서 소년은 집을 뛰쳐나갔다가 밤늦게야 돌아왔다.

그러나 다음날 아침, 소년은 사라져버렸다. 두 뱃사공이 뱃삯으로 받은 동전과 은화를 보관해둔, 두 가지 색상의 나무껍질로 짠 작은 바구니도 함께 없어졌다. 강가의 나룻배도 보이지 않았고, 싯다르타는 그 나룻배가 강가 맞은편에 가 있는 것을 발견했다. 소년은 도망친 것이다.

"아이를 뒤쫓아가야겠어요." 전날 아들한테 아주 심한 욕설을 들은 후 비통함으로 몸을 떨던 싯다르타가 말했다. "아직 어린 아이여서 혼자서는 숲을 빠져나갈 수 없을 겁니다. 그러다가 죽고 말 거예요. 바수데바, 강을 건널 뗏목을 하나 만들어야겠어요."

"같이 뗏목을 만들도록 합시다." 바수데바가 말했다. "녀석이 타고 간 배를 다시 가져오려면 뗏목이 필요해요. 하지만 친구여, 당신 아들은 도망가도록 놓아두는 편이 좋겠습니다. 더이상 어린아이가 아니니 스스로 살아나갈 방도를 잘 찾아내겠지요. 녀석은 도시로 가는 길을 찾고 있을 텐데 이건 당연한 겁니다. 당신은 이 점을 잊어서는 안 돼요. 녀석은 당신이 녀석을 위해 제때 해주지 못한 일을 하고 있는 겁니다. 스스로를 돌보고, 자신의 길을 찾아가고 있어요. 아, 싯다르타, 당신이 지금 얼마나 고통에 잠겨 있을지 알지만, 당신이 겪는 그 고통은 사람들이 웃어넘길 만한, 당신도 곧 웃어넘겨버릴 고통입니다."

싯다르타는 아무 대답도 하지 않았다. 그는 벌써 양손으로 도끼를 잡고 대나무로 뗏목을 만들기 시작한 터였고, 바수데바는 새끼줄로 대나무 다발 묶는 일을 거들었다. 이어 그들은 뗏목을 타고 강을 건넜고, 상당히 떠밀려 내려간 후에야 건너편 강가에 이르렀다.

"도끼는 왜 챙겨온 겁니까?" 싯다르타가 물었다.

바수데바가 대답했다. "나룻배의 노가 없어졌을지도 모릅니다."

싯다르타는 친구가 무슨 생각을 하는지 금방 알아차렸다. 바수데바는 소년이 분풀이를 하고, 또 자신을 뒤쫓아오지 못하게 하려고 노를 내던지거나 부숴버렸으리라고 생각한 것이다. 나룻배에는 정말로 노가 보이지 않았다. 바수데바는 배 바닥을 가리키면서 미소 띤 얼굴로 마치 이렇게 말하고 싶은 듯 친구를 바라보았다. '아들이 하고 싶어하는 말을 이래도 모르겠습니까? 당신이 뒤쫓아오는 것을 원치 않는다는 사실을 이래도 모르겠어요?' 하지만 바수데바는 이를 구태여 입 밖에 내지는 않았다. 대신 새 노를 만들기 시작했다. 그러나 싯다르타는 달아난 아들을 찾기 위해 그와 작별했다. 바수데바는 그를 막지 않았다.

싯다르타는 오랫동안 숲속을 헤매고 다니다가, 문득 아들을 찾는 일이 쓸데없는 짓이라는 생각을 했다. 아들은 아버지를 한참이나 따돌리고 벌써 도시로 들어갔거나, 설령 도시로 가는 중이라 해도 뒤쫓아오는 아버지를 피해 어딘가에 숨어 있을 것이었다. 그런 생각을 이어가다가 싯다르타는 자신이 더이상 아들을 걱정하지 않는다는 것을, 또 마음속 깊은 곳에서는 아들이 죽지도 숲속에서 위험에 처해 있지도 않음을 알고 있다는 사실을 깨달았다. 그럼에도 그는 쉬지 않고 계속 달렸는데, 아이를 구해야겠다는 생각에서가 아니라 아들을 한 번이라도 더 보고

싫은 마음에서였다. 그는 달리고 달려 마침내 도시 가까이에 이르렀다.

도시 근교의 큰길에 다다랐을 때, 싯다르타는 옛날 카말라의 소유였던 아름다운 장원 입구, 가마를 타고 나타난 카말라를 처음 보았던 바로 그곳에서 발걸음을 멈추었다. 당시의 일이 마음속에 다시 떠올랐고, 그곳에 서 있던 젊은 시절 자신의 모습, 벌거벗은 채 수염이 덥수룩한 몰골에다 머리에는 먼지를 뒤집어쓴 젊은 사문의 모습도 떠올랐다. 싯다르타는 한참을 서서 열린 대문 틈으로 장원 안쪽을 들여다보았고, 누런 가사를 입은 승려들이 아름다운 나무들 아래로 걸어다니는 모습을 보았다.

싯다르타는 생각에 잠겨 이런저런 장면을 떠올리고, 또 자신이 살아온 삶의 여정에 귀를 기울이기도 하면서 한참 그곳에 서 있었다. 한참을 그렇게 서서 승려들을 바라보았지만, 사실 그가 보는 것은 승려들이 아니라 젊은 싯다르타와 아름다운 카말라가 거목들 아래를 거니는 모습이었다. 카말라에게서 음식을 대접받는 모습, 그녀의 첫 입맞춤을 받는 모습, 자신의 사문 시절을 오만한데다 경멸하는 눈으로 돌아보는 모습, 그리고 자부심과 욕망을 가득 안고 세속 생활을 시작하던 자신의 모습이 눈앞에 또렷이 떠올랐다. 카마스바미의 모습도 떠올랐고, 하인들과 연회, 노름꾼들과 악사들의 모습도 떠올랐으며, 새장에 갇혀 있던 카말라의 새도 떠올랐다. 그는 다시 한번 그 모든 것을 체험하고, 윤회를 호흡하고, 다시 한번 늙고 지쳤으며, 다시 한번 구역질을 느끼고, 다시 한번 자신을 소멸시키고자 하는 욕망을 느끼고, 다시 한번 성스러운 옴을 통해 치유받았다.

한참을 장원 대문 앞에 그렇게 서 있다가 싯다르타는 자신을 이곳까지 이끌어온 욕망이 부질없다는 것을, 자신은 아들을 도와줄 수 없으며 아들에게 집착해서도 안 된다는 사실을 깨달았다. 그는 도망친 아들에 대한 사랑이 상처처럼 가슴속 깊이 자리잡은 것을 느꼈고, 동시에 그 상처가 자신을 고통스럽게 하기 위한 것이 아니라 꽃을 활짝 피우고 빛을 발하게 될 상처임을 느꼈다.

하지만 그 상처가 아직까지는 피어나지도 찬란한 빛을 발하지도 못하고 있다는 사실에 그는 슬픔을 느꼈다. 도망친 아들을 따라 멀리 이곳까지 오게 한 목표가 사라진 자리에 이제 공허가 대신 들어서 있었다. 그는 비참한 기분이 되어 그 자리에 주저앉았고, 마음속에서 무언가 죽어가고 있음을 느끼고 공허함을 느꼈으며, 더이상 어떤 기쁨도, 어떤 목표도 찾을 수 없었다. 싯다르타는 생각에 잠긴 채 마냥 기다렸다. 이는 그가 강으로부터 배운 것이었다. 기다리는 것, 인내심을 갖는 것, 귀기울여 듣는 것. 그리고 지금 그는 거리의 먼지를 뒤집어쓰고 앉아서 귀를 기울이고 있었다. 지치고 슬픔에 겨워 울리는 심장박동에 귀를 기울였고, 하나의 음성을 듣고자 귀를 기울였다. 몇 시간이 지나도록 그곳에 웅크리고 앉아 귀를 기울인 채, 어떤 장면도 떠올리지 않고 어떤 길도 보지 않으면서 공空의 세계에 빠져들어 깊이 침잠했다. 그리고 속에서 상처가 화끈거릴 때마다 소리 없이 옴을 발했고, 옴으로 자신을 가득 채웠다. 장원에 있던 승려들이 싯다르타를 보았고, 몇 시간이고 웅크리고 앉아 반백의 머리 위로 먼지가 잔뜩 쌓인 것을 보고는 그중 하나가 다가와 바나나 두 개를 앞에다 내려놓았다. 노인은 그 승려를 보지 못했다.

그렇게 딱딱하게 굳어 있던 싯다르타는 어깨에 닿는 어떤 손길을 느끼고 깨어났다. 그는 부드럽고 조심스러운 이 손길이 누구의 손길인지 바로 알아차리고는, 곧 정신을 차렸다. 그는 자리에서 일어나 자신의 뒤를 따라온 바수데바에게 인사를 건넸다. 그리고 바수데바의 다정한 얼굴, 온통 미소를 머금은 잔주름 가득한 그의 얼굴, 그의 맑은 두 눈을 보면서, 화답하는 미소를 지어 보였다. 그때서야 그는 자기 앞에 바나나가 놓여 있는 것을 보았고, 바나나를 집어들어 하나는 뱃사공에게 주고 하나는 자신이 먹었다. 그러고 나서 아무 말 없이 바수데바와 함께 숲을 지나 나루터로 돌아갔다. 오늘 일어난 일에 대해서는 두 사람 모두 말을 꺼내지 않았고 누구도 소년의 이름을 입에 올리지 않았으며 그 누구도 소년이 달아난 일이나 싯다르타가 입은 상처에 대해 언급하지 않았다. 오두막에 이르자 싯다르타는 바로 잠자리에 누웠다. 잠시 후 바수데바가 야자유 한 그릇을 대접하려고 들어가보니, 그는 이미 잠들어 있었다.

옴

상처는 오랫동안 남아 화끈거렸다. 싯다르타는 아들이나 딸을 데리고 다니는 많은 여행자들을 나룻배에 태워 강을 건네주어야 했는데, 그들을 볼 때마다 부러워하며 생각했다. '저렇게 많은 사람, 수천의 사람들이 가장 소중한 행복을 누리고 있는데―나는 어찌하여 그러지 못하는 것일까? 악인, 심지어 도둑이나 강도도 자녀가 있고, 자기 자식을 사랑하고 자식에게 사랑받는데, 나 혼자만 그러지 못하는구나.' 그는 이처럼 단순하고 분별없는 생각도 하면서, 점점 더 어린아이 같은 사람들을 닮아가고 있었다.

이제는 사람들을 보는 눈도 달라져서, 영리하고 오만한 태도는 예전보다 약해졌고, 대신 더 따뜻한 마음과 호기심과 관심을 갖고 사람들을 바라보게 되었다. 흔히 볼 수 있는 평범한 여행자나 어린아이 같은 사람들, 장사꾼, 전사, 여자를 태우고 강을 건널 때도, 더는 이들이 예전처럼 낯설게 느껴지지 않았다. 그는 그들을 이해하게 되었고, 생각이나 통찰이 아니라 오로지 충동이나 욕망에 이끌리는 그들의 삶도 이해하고 공감하게 되었다. 자신 또한 그들과 비슷한 존재로 여겨졌다. 그는 완성의 경지에 다가가고 있었고 최근 입은 상처로 고통받고 있었음에도 이제 그에게는 이런 어린아이 같은 사람들이 형제처럼 느껴졌고, 그들의 허영심, 탐욕, 우스꽝스러운 특성들은 더이상 웃음거리가 아니라 이해될 만한 일이었으며, 사랑스럽고 심지어 경탄할 만한 것으로까지 보였다. 자식에 대한 어머니의 맹목적인 사랑, 외아들을 자랑하고 싶어하는 아버지의 어리석고 맹목적인 자부심, 보석을 바라며 남자들의 경탄 어린 눈길을 갈구하는 허영심 많은 젊은 여자의 거칠고 맹목적인 욕구, 그 모든 충동과 모든 어린아이 같은 짓들, 모든 단순하고 어리석으면서도 더없이 강하고 어마어마한 생명력을 지니며 자신의 뜻을 관철하려 드는 강력한 충동과 탐욕, 그 모든 것이 싯다르타에게는 더이상 유치한 짓으로 여겨지지 않았다. 사람들이 바로 그런 것들 때문에 산다는 것을 알게 되었고, 그런 것들 때문에 무한한 업적을 성취하며, 여행을 하고 전쟁을 일으키고 엄청난 고통을 감수하고 많은 것을 참아낸다는 것도 알게 된 것이다. 그리고 바로 그 때문에 그는 그들을 사랑할 수 있었고, 그들 각각의 열정 속에서, 그들 각각의 행위 속에서 생명, 살아 있는 것, 불멸의 것, 브라만을 볼 수 있었다. 사람에게는 이와 같은 맹목적인 성실함, 맹목적인 힘과 강인함이 있기에 사랑할 만한 가치가 있고 경탄할 만한 가치가 있었다. 그들은 아무것도 부족하지 않았고, 지식인이나 사색가라 하더라도 사소하고 하찮은 한 가지, 의식하는 것,

즉 모든 생명의 단일성을 의식하는 사상만 제외하면 그들보다 나은 것이 없었다. 싯다르타는 이따금 그런 지식, 그런 사상이 그토록 높은 평가를 받아야 하는지 의심스러웠고, 그런 사상 역시 따지고 보면 사고하는 인간들, 아니 사색하면서도 어린아이 같은 인간들의 유치한 짓이 아닐까 하는 생각이 들었다. 그 밖의 다른 모든 면에서는 세속적인 인간들도 현자와 대등한 위치에 있었으며 때로는 현자보다 훨씬 우월했는데, 불가피한 상황이 닥쳤을 때 끈질기고 확고한 행동을 취하는 짐승이 그 순간 인간을 능가하는 듯 보이는 것과 마찬가지였다.

싯다르타의 내면에서는 대체 지혜가 진정 무엇인지, 자신이 오랫동안 추구해온 목표가 무엇인지에 관한 깨달음과 인식이 서서히 피어나고 서서히 무르익기 시작했다. 그것은 바로 매 순간마다, 삶의 한가운데서 단일성의 사상을 생각하고 단일성을 느끼고 내면으로 흡입할 수 있는 영혼의 자세, 그런 능력, 그런 비밀스러운 기술이었다. 조화로움, 세상의 영원한 완전성에 대한 앎, 미소, 단일성이 서서히 그의 내면에서 피어났고, 또 바수데바의 늙고 어린아이 같은 얼굴을 만나 그에게 반사되었다.

하지만 상처는 여전히 화끈거렸다. 아들을 생각하면 애가 타고 가슴이 쓰렸고, 싯다르타는 가슴에 사랑과 애정을 품고서 부정父情의 고통에 시달렸으며, 사랑 때문에 온갖 어리석은 짓을 저질렀다. 이 불길은 저절로 꺼지지 않았다.

그러던 어느 날, 상처가 심하게 화끈거리자 싯다르타는 그리움에 사무쳐 강을 건넜고, 나룻배에서 내리면서 당장 도시로 달려가 아들을 찾아보리라 마음먹었다. 강은 부드럽고 고요히 흐르고 있었는데, 건기임에도 강물 소리가 이상했다. 강이 웃고 있었던 것이다! 강은 분명히 웃고 있었다. 늙은 사공을 향해, 밝고 맑은 소리를 내면서 강은 마음껏 웃고 있었다. 싯다르타는 멈춰서서, 그 소리를 잘 듣기 위해 강물 위로 몸을 굽혔고, 조용히 흐르는 강물에 자기 모습이 비치는 것을 보았다. 물에 비친 얼굴에는 잊고 있던, 그를 일깨워주는 무엇이 있었고 그는 곰곰이 생각한 끝에 그것이 무엇인지 알아냈다. 물에 비친 얼굴은 그가 예전에 알고 사랑했으며 또한 두려워하기도 했던 누군가의 얼굴을 닮아 있었다. 바로 브라만이었던 아버지의 얼굴이었다. 싯다르타는 먼 옛날 젊은 시절에 참회자들에게 가게 해달라고 아버지를 졸랐던 일, 그렇게 아버지와 작별하고 나서 다시는 집으로 돌아가지 않은 일을 떠올렸다. 아버지 역시 지금 자신이 아들 때문에 겪고 있는 것과 똑같은 고통을 겪은 것이 아니었을까? 아버지는 자기 아들을 다시 보지도 못한 채 오래전에 외롭게 돌아가신 것이 아닐까? 자신에게도 똑같은 운명이 기다리는 것이 아닐까? 이러한 반복, 이 숙명적인 순환은 마치 한바탕 희극과 같은, 기이하고도 어리석은 일이 아닌가?

강은 웃고 있었다. 그렇다. 마지막에 이르기까지 필요한 고통을 다 겪지 않아 해결되지 않은 것은 전부 다시 돌아와 똑같은 고통을 계속해서 끊임없이 안겨주는 법이다. 싯다르타는 다시 나룻배를 타고 오두막으로 되돌아오면서 아버지를 생각하고 아들을 생각했다. 강물은 그를 비웃고 있었고, 그는 자신과 싸우면서 자포자기의 심정이 되어 자신과 온 세상을 크게 비웃고 싶어졌다. 아, 아직도 그의 상처는 꽃으로 피어나지 않았고, 여전히 그의 마음은 자신의 운명에 저항하고 있었으며 그의 고통에서는 아직도 명랑함과 승리의 빛이 흘러나오지 않았다. 그럼에도 그는 희망을 느꼈고, 오두막으로 돌아왔을 때는 바수데바에게 모든 것을 털어놓고 모든 것을 내보이고 싶은 욕구, 경청의 대가에게 모든 것을 고백하고 싶은 강렬한 욕구를 느꼈다.

바수데바는 오두막에 앉아 바구니를 짜고 있었다. 그는 더이상 나룻배를 타고 강을 오가지 않았고, 그의 두 눈은 점차 약해지기 시작했으며, 눈뿐만 아니라 팔과 손도 약해지고 있었다. 다만 얼굴에서 기쁨과 명랑한 선의만은 변함없이 피어나고 있었다.

싯다르타는 노인 곁에 자리를 잡고 앉아 천천히 이야기를 시작했다. 그는 이제껏 바수데바에게 한 번도 말하지 않았던 것, 그 당시 도시로 나갔던 것에 대해, 화끈거리는 상처에 대해, 행복한 아버지들을 바라볼 때 느끼는 부러움에 대해, 그 같은 욕망이 어리석음을 스스로 알고 있다는 것에 대해, 또 그런 욕망에 맞서는 자신의 부질없는 투쟁에 대해 이야기했다. 모든 것을 고백할 수 있었고, 가장 곤혹스러운 부분까지도 하나도 빼놓지 않고 말할 수 있었으며, 모든 것을 말하고, 모든 것을 드러내고, 모든 것을 이야기할 수 있었다. 그는 자신의 상처를 드러내 보였고, 오늘 집을 떠났던 일, 도시로 들어가기 위해 어린아이처럼 달아나 강을 건넌 일, 강이 그를 향해 웃었던 일까지 전부 털어놓았다.

그가 계속해서 이야기를 이어가는 내내, 바수데바는 평온한 얼굴로 귀를 기울였다. 싯다르타는 바수데바가 어느 때보다 경청하고 있음을 느꼈다. 자신의 고통과 불안이 바수데바에게로 흘러가고 있으며, 또 자신의 은밀한 희망이 그에게 흘러들었다가 다시 자신에게 되돌아오는 것을 느꼈다. 이처럼 잘 들어주는 사람에게 상처를 드러내는 것은, 마치 상처를 강에 담가 강물과 하나되게 하는 것과 같았다. 계속 이야기하고 계속 털어놓고 고백하는 동안, 싯다르타는 자기 말에 귀기울이는 상대가 더이상 바수데바가 아님을, 더이상 인간 존재가 아님을 느꼈다. 미동도 하지 않고 경청하는 이 사람은 마치 빗물을 빨아들이는 나무 같았고, 미동도 하지 않고 경청하는 이 존재가 강물 자체이며, 신의 현현이자 영원한 존재 그 자체라는 느낌이 점점 더 강해졌다. 그리고 자기 자신과 자신의 상처에 대해 생각하기를 멈추었을 때 바수데바의 달라진 본질에 대한 인식이 싯다르타를 사로잡았고, 그 사실을 느끼면 느낄수록, 그 사실에 파고들면 파고들수록 모든 것이 질서정연하고 자연스러운 일임을 깨닫게 되었다. 바수데바는 벌써 오래전부터, 거의 언제나 항상 그런 존재였고, 다만 자신이 그 사실을 여태껏 인식하지 못했을 따름이며, 실은 자신도 그와 별다를 바 없는 존재라는 것을 점점 더 깊이 통찰하게 된 것이다. 싯다르타는 자신이 지금 보통 사람이 신들을 우러러보듯 나이든 바수데바를 바라보고 있음을, 그러나 이 상태가 지속될 수는 없으리라는 것을 느꼈다. 그는 마음속으로 바수데바에게 작별을 고했다. 하지만 이런 생각을 하면서도 이야기하기를 멈추지는 않았다.

마침내 싯다르타가 이야기를 마치자 바수데바는 다소 흐릿해졌으나 다정함이 깃든 눈길로 그를 바라보았고, 아무 말 없이 조용히 사랑과 명랑함, 이해와 깨달음의 눈빛을 보냈다. 바수데바는 싯다르타의 손을 잡고 강가로 데려가 앉게 하고는 자신도 옆에 자리를 잡고 앉아 강물을 향해 미소를 보냈다.

"당신은 강물이 웃는 소리를 들었습니다." 그가 말했다. "그러나 모든 소리를 다 들은 것은 아닙니다. 함께 귀를 기울여봅시다. 더 많은 것을 듣게 될 테니까요."

그들은 귀를 기울였다. 다채로운 소리가 어우러진 강물의 노랫소리가 은은하게 들려왔다. 싯다르타는 강물을 들여다보았고, 흘러가는 물결 속에는 여러 형상이 떠올랐다. 아들 때문에 슬퍼하는 외로운 아버지가 떠올랐고, 멀리 떠나간 아들을 향한 그리움의 끈에 묶여 있는 외로운 자기 자신도 떠올랐다. 젊은 열망에 사로잡혀 미친듯이 자신의 길을 달려가고 있는 아들 또한 외로운 모습으로 떠올랐다. 모두가 자신의 목표를 향하고 있고, 모두가 자신의 목표에 사로잡혀 있으며, 모두가 고통을 겪고 있었다. 강물은 고통에 찬 소리로 노래를 부르고 있었고, 그리움에 젖은 소리를 내며 목표를 향해 흘러가고 있었으며, 비탄에 젖은 소리를 내고 있었다.

"들리나요?" 바수데바가 조용한 눈빛으로 물었다. 싯다르타는 고개를 끄덕였다.

"더 잘 들어보세요!" 바수데바가 속삭였다.

싯다르타는 더 잘 들으려고 애를 썼다. 아버지의 모습, 그 자신의 모습, 아들의 모습이 한데 어우러져 흘러갔고, 카말라의 모습도 떠올랐다 사라졌으며, 고빈다의 모습과 다른 사람들의 모습도 한데 어우러져 흘러가다가 모두 강물이 되었다. 모두가 강물이 되어, 그리움에 사무치기도 하고 갈구하기도 하고 고통스러워하기도 하면서 목표를 향해 흘러가고 있었고, 강물 소리는 그리움과 에는 듯한 상처, 채워질 수 없는 욕망으로 가득차 울려퍼졌다. 강물은 목표를 향해 계속 흘렀고, 싯다르타는 자신과 자신이 사랑하는 사람들, 이제껏 살아오면서 만났던 모든 사람으로 이루어진 강물이 서둘러 흘러가는 모습을 바라보았는데, 모든 물결은 고통스러워하며 제각기 여러 목표를 향해, 폭포를 향해, 호수를 향해, 여울을 향해, 바다를 향해 급히 흘러갔고 모두가 나름대로 목적지에 도달하고 나면 새로운 목적지가 나타났다. 강물은 수증기가 되어 하늘로 올라갔다가 비가 되어 다시 하늘에서 떨어지고, 샘이 되고, 시냇물이 되고, 강물이 되어 새로운 목적지를 향해 또다시 흘러갔다. 그러다 그리움에 사무친 강물 소리가 달라졌다. 여전히 고통에 차 있고 무언가를 찾는 듯한 울림이었지만 다른 소리들, 환희의 소리와 고통의 소리, 선한 소리와 악한 소리, 웃는 소리와 슬퍼하는 소리, 백 가지, 천 가지 소리가 섞여들어 있었다.

싯다르타는 귀를 기울였다. 그는 이제 온전히 귀를 기울이는 사람이 되었고, 듣는 일에 완전히 몰입하여 완전히 마음을 비운 상태, 완전히 빨아들이는 상태가 되었다. 이제야 귀기울여 듣는 법을 제대로 알게 되었다는 생각이 들었다. 이전에도 이 모든 소리, 강물에서 울려퍼지는 수많은 소리를 자주 들었지만, 오늘은 그 소리가 새롭게 들렸다. 그는 이제 더이상 그 많은 소리, 기뻐하는 소리와 슬퍼 우는 소리를 분간할 수 없었고, 어린아이들의 소리와 어른들의 소리를 분간할 수 없었다. 모든 소리가 한데 어우러져, 그리움으로 애태우는 소리와 깨달은 자의 웃음소리, 분노의 외침과 죽어가는 자의 신음소리, 그 모든 소리가 하나가 되었고, 모든 소리가 서로 얽히고설켜 수천 겹으로 엉켜 있었다. 모든 것이 함께 어우러지고, 모든 소리, 모든 목표, 모든 동경, 모든 고통, 모든 쾌락, 모든 선과 악, 그 모든 것이 모여 이 세상을 이루고 있었다. 그 모든 것이 모여 사건의 강을 이루었고, 삶의 음악을 이루었다. 이렇게 싯다르타가 수천 가지 소리를 내는 강의 노래에 주의깊게 귀를 기울이자, 또 고통의 소리와 웃음소리를 분리해 듣지 않고 특정한 소리에 자기 영혼을 얽매거나 자신의 자아와 더불어 거기에 빠져들지 않은 채, 모든 소리를 듣고 그 전체, 그 단일성에 귀를 기울이자, 수천 가지 소리가 어우러진 위대한 노래는 단 하나의 단어가 되었다. 바로 완성을 뜻하는 옴이었다.

"저 소리가 들립니까?" 바수데바의 시선이 다시 물었다.

바수데바의 미소는 밝게 빛났고, 강에서 나는 온갖 소리 위로 옴이 감도는 것처럼, 나이든 그의 주름살 가득한 얼굴에는 환한 미소가 감돌고 있었다. 친구를 바라볼 때 그의 미소는 환하게 빛났고, 이제 싯다르타의 얼굴에도 똑같은 미소가 밝게 피어오르고 있었다. 싯다르타의 상처에서 꽃이 피어나고, 그의 고통에서 밝은 빛이 흘러나오고, 그의 자아가 단일성 속으로 흘러들어갔다.

그 순간 싯다르타는 자신의 운명과 싸우는 일을 단념했고, 번민하는 일도 그만두었다. 그의 얼굴에서는 어떤 의지도 거역할 수 없는 깨달음, 완성을 아는 깨달음에서 생겨난 명랑함이 흘러나왔다. 사건의 강, 삶의 흐름과 하나가 되고, 다른 사람의 고통과 기쁨을 함께 느끼며, 강물에 자신을 내주고 단일성에 속하게 되는 그런 깨달음이었다.

바수데바는 강가의 앉은 자리에서 몸을 일으켜 싯다르타의 눈을 들여다보았고, 눈에서 깨달음의 명랑함이 흘러나오는 것을 보고는, 언제나처럼 신중하고 부드러운 손길로 그의 어깨를 어루만지며 말했다. "이 순간이 오기를 기다렸습니다, 친애하는 친구여. 이제 때가 왔군요, 그러니 이제 나를 보내주세요. 이 순간을 오래 기다려왔고, 오랫동안 뱃사공 바수데바로 살아왔지요. 이만하면 된 것 같군요. 안녕, 오두막이여, 안녕, 강물이여, 안녕, 싯다르타!"

싯다르타는 작별을 고하는 친구를 향해 깊숙이 허리 숙여 인사했다.

"나는 이렇게 작별하리란 걸 예감했습니다." 그가 나직이 말했다. "이제 숲속으로 들어갈 건가요?"

"나는 숲속으로 들어갑니다. 나는 단일성의 세계로 들어갑니다." 바수데바는 환한 빛을 발하며 말했다.

바수데바는 빛을 내며 그곳을 떠났다. 싯다르타는 떠나가는 친구의 뒷모습을 물끄러미 바라보았다. 마음속 깊이 기뻐하면서도 아쉬운 마음으로 한참을 보았다. 친구의 걸음걸이는 평화로 가득했고, 친구의 머리는 광채로 가득했으며, 친구의 온몸은 빛으로 가득했다.

고빈다

언젠가 한번 휴식기에 고빈다는 다른 승려들과 함께 창부 카말라가 고타마의 제자들에게 헌납한 장원에 머문 적이 있었다. 그곳에서 그는 사람들이 한나절 정도 가면 나오는 강가에 사는 늙은 뱃사공에 대해 이야기하는 것을 들었는데, 많은 사람들이 그를 현자로 여긴다고 했다. 다시 순례길에 나서면서, 고빈다는 소문의 뱃사공을 한번 보고 싶은 마음에 나루터로 가는 길을 택했다. 그는 평생을 계율에 따라 살았고 또 연륜과 겸손한 자세 덕분에 젊은 승려들에게 경외를 받고 있었지만, 가슴속에는 여전히 불안과 구도의 불길이 꺼지지 않은 상태였다.

고빈다는 강가에 이르러 뱃사공 노인에게 강을 좀 건네달라고 부탁했고, 건너편에 도착해 나룻배에서 내리며 말했다. "당신은 우리 승려들과 순례자들에게 호의를 많이 베풀어주셨습니다. 벌써 우리 중 많은 사람을 건네주셨지요. 그런데 뱃사공이며, 당신도 혹시 올바른 길을 찾는 구도자가 아니신가요?"

싯다르타는 노쇠한 두 눈에 미소를 머금고 말했다. "오, 존경받아 마땅한 고승이시여, 당신은 이미 연로한데다 고타마의 승려 신분으로 법의를 걸치고 있는데도 스스로를 구도자라고 일컬으시는지요?"

"내가 연로한 것은 맞습니다." 고빈다가 말했다. "하지만 구도하는 일은 멈추지 않았습니다. 나는 구도하는 일을 멈추지 않을 것이고, 그게 내 운명인 것 같습니다. 그런데 소승이 보기에 당신도 구도자인 듯하군요. 존경하는 분이시여, 소승에게 한 말씀 들려주시겠습니까?"

싯다르타가 말했다. "당신 같은 고승에게 내가 무슨 말을 해드릴 수 있겠습니까? 어쩌면 당신은 깨달음을 구하는 데 지나치게 매달리는 것은 아닐까요? 구도에 너무 전념한 나머지 깨달음을 얻지 못하는 것이 아닐까요?"

"어째서 그렇다는 건가요?" 고빈다가 물었다.

"구도하는 사람이 흔히 겪는 일입니다." 싯다르타가 말했다. "그런 사람의 눈은 자신이 찾고자 하는 것만 보게 되고, 그래서 아무것도 찾아내지 못하며 아무것도 마음속에 들이지 못하는 법이죠. 늘 자신이 추구하는 것만 생각하고, 하나의 목표를 정해놓고는 그 목표에만 사로잡혀 있기 때문입니다. 추구한다는 것은 하나의 목표를 갖는다는 뜻입니다. 하지만 찾아낸다는 것은 자유로운 상태, 열린 상태, 어떤 목표도 갖지 않은 상태를 의미합니다. 존경하는 고승이시여, 당신은 정말 구도자인 듯합니다. 목표를 향해 온갖 노력을 기울이면서 정작 당신 눈앞에 있는 많은 것을 놓치고 있으니 말입니다."

"무슨 말씀이신지 제대로 알아들을 수가 없군요." 고빈다가 간청했다. "그 말이 무슨 뜻인지요?"

싯다르타가 말했다. "여러 해 전의 일입니다, 오, 존경하는 고승이시여. 몇 년 전 당신은 이 강에서 강가에 잠들어 있던 사람을 발견하고 그 사람 곁에 앉아 자는 것을 지켜봐주었습니다. 하지만, 오 고빈다여, 당신은 자던 사람을 알아보지 못하는군요."

승려는 마법에 홀린 사람처럼 놀라서 뱃사공의 눈을 들여다보았다.

"자네는 싯다르타가 아닌가?" 그가 놀란 목소리로 물었다. "이번에도 자네를 알아보지 못할 뻔했군! 진심으로 반갑네, 싯다르타, 자네를 다시 보게 되어 정말 기쁘구먼! 그동안 많이 변했군, 친구여—그런데 자네는 이제 뱃사공이 된 건가?"

싯다르타는 다정하게 미소를 지었다. "그래, 나는 뱃사공이 되었다네. 고빈다, 어떤 사람들은 많은 변화를 겪고 온갖 종류의 옷을 걸쳐야 하는데, 나도 그중 하나인 셈이지. 잘 왔네, 고빈다, 오늘밤은 내 오두막에서 묵도록 하게."

그날 밤 고빈다는 친구의 오두막에 머물며 바수데바가 쓰던 잠자리에서 잠을 청했다. 그는 젊은 시절의 친구에게 물어볼 것이 많았고, 싯다르타는 그에게 자신의 삶에 대해 많은 이야기를 들려주어야 했다.

다음날 아침 순례를 떠날 시간이 되었을 때, 고빈다는 한참을 망설이다 입을 열었다. "싯다르타, 길을 떠나기 전에 하나만 더 물어보겠네. 자네는 어떤 교리를 갖고 있는가? 자네가 살아가는 데, 그리고 올바로 행동하는 데 도움을 주는, 자네가 좋는 믿음이나 지식이 있는가?"

싯다르타가 말했다. "친구여, 자네도 알다시피 나는 지난날 젊은 시절에, 자네와 같이 숲속의 고행자들과 함께 생활했을 때 이미 스승들과 그들의 가르침에 불신을 품고 등을 돌렸네. 지금까지도 내 생각은 변함이 없어. 그럼에도 불구하고 나는 이후로 많은 사람을 스승으로 삼았지. 아름다운 창부 하나가 오랫동안 내 스승이 되어주었고, 부유한 상인 하나가 스승이 되기도 했으며, 도박꾼 몇 명이 스승이었던 적도 있었어. 한번은 순례하던 부처의 제자도 나의 스승이 되었는데, 그는 순례하던 중 숲속에 잠들어 있는 나를 발견하고는 곁에 앉아서 나를 지켜봐주었지. 그에게서도 나는 많은 것을 배웠고, 아주 고마워하고 있다네. 그러나 그 누구보다도 이 강에서, 그리고 나보다 앞서 뱃사공이었던 바수데바에게서 가장 많은 가르침을 받았어. 바수데바는 아주 소박한 사람이었는데, 사색가는 아니었지만 고타마만큼이나 필연의 이치를 잘 깨닫고 있던, 완성자이자 성자였다네."

고빈다가 말했다. "오, 싯다르타, 자네는 여전히 사람 놀리기를 상당히 좋아하는군. 그렇지만 나는 자네의 말을 믿어, 또 자네가 어떤 스승도 따르지 않았다는 것도 잘 알겠네. 그런데 꼭 어떤 교리가 아닐지라도 자신의 것으로 삼고 살아가는 데 도움이 되는 어떤 사상이나 통찰은 찾았을 것 아닌가? 그런 것에 관해 조금이라도 얘기해준다면 진심으로 기쁘겠네."

싯다르타가 말했다. "나도 사상이란 걸 가져본 적이 있지. 그래, 가끔씩 깨달음을 느끼기도 했고. 어떤 때는 한 시간 정도, 어떤 때는 하루 정도, 마치 사람들이 자기 심장에서 생명이 고동치는 것을 느끼듯 나도 가슴속에서 지혜를 느끼는 때가 있었어. 여러 사상을 가져보긴 했으나, 그것을 자네에게 전하기는 힘들 듯싶네. 이보게, 친애하는 고빈다, 내가 찾은 사상 가운데 하나는 바로 지혜란 다른 사람에게 전할 수가 없다는 사실이야. 지혜란 현자가 아무리 그것을 전하려 해도 언제나 어리석은 소리로 들리기 마련이거든."

"자네, 농담하는 건가?" 고빈다가 물었다.

"농담이 아닐세. 내가 깨달은 사실을 말하는 거야. 지식은 전할 수 있어도, 지혜는 전할 수 없다네. 지혜란 찾아낼 수 있고 체험할 수도 있으며, 그것을 따를 수도 있고, 그것으로 기적을 행할 수도 있지. 그러나 말로 표현하거나 가르칠 수는 없는 법이네. 나는 젊은 시절부터 이러한 사실을 이따금 예감했고, 그 때문에 스승들을 떠나온 걸세. 내가 하게 된 생각이 하나 있다네, 고빈다. 자네는 이 또한 농담이나 어리석은 말로 여길지 모르지만, 내가 한 생각 중 가장 훌륭한 생각이야. 바로, 모든 진리는 그 반대도 마찬가지로 진리이다! 다시 말해 어떤 진리든 다만 일면적인 경우에만 말로 나타내고 말로 표현할 수 있다는 것일세. 사람들이 생각의 형태로 떠올리고 말로 표현할 수 있는 것은 모두 일면적인 진리, 반쪽의 진리로서 전체성, 완전성, 단일성이 결여되어 있어. 세존 고타마께서도 이 세상에 대해 설법하실 때 세상을 윤회와 열반, 미망과 진리, 번뇌와 해탈로 나누지 않을 수 없었지. 달리 어떻게 할 도리가 없고, 가르치려는 사람에게는 다른 방도가 없어. 그러나 이 세계 자체, 우리를 둘러싸고 있고 우리의 내면에도 현존하는 이것은 결코 일면적이지 않지. 한 인간 또는 하나의 행위는 결코 전적으로 윤회이거나 전적으로 열반일 수 없고, 어떤 인간이든지 완전히 신성하거나 완전히 불경할 수 없다네. 그런데 실제로 그렇게 보이는 까닭은, 우리가 시간이 실재하는 것이라는 착각에 빠져 있기 때문이야. 시간은 실재하는 것이 아니네, 고빈다. 나는 그 사실을 몇 번이나 거듭 체험했어. 그리고 시간이 실재하지 않는다면, 세상과 영원 사이, 번뇌와 지복 사이, 악과 선 사이에 놓여 있는 듯 보이는 간격도 착각이라고 할 수 있지."

"어째서 그렇지?" 고빈다가 걱정스러운 목소리로 물었다.

"잘 들어보게, 친구여, 주의깊게 들어봐! 나나 자네나 모두 죄인이라고 할 수 있네. 지금은 죄인이라고 하더라도 언젠가는 브라흐마*가 될 테고, 언젠가는 열반에 이를 테고, 부처가 될 테지. 그런데 잘 들어보게. 이 '언젠가'라는 말은 착각이고, 단지 비유에 불과한 거야! 우리의 사고 능력으로는 어떻게 달리 상상할 길이 없지만, 그 죄인이라는 사람은 부처로 나아가는 과정에 있거나, 어떤 발전 과정에 있는 것이 아니며, 그 죄인의 내면에는 지금 이 순간 그리고 오늘, 이미 미래의 부처가 깃들어 있다네. 그의 미래가 이미 그 사람 속에 깃들어 있지. 그러므로 자네는 그 사람의 내면에서, 자네의 내면에서, 모든 중생의 내면에서 형성되고 있는 부처, 가능의 형태로 존재하는 부처, 숨어 있는 부처에 대해 존경심을 가져야 하네. 친구 고빈다여, 이 세계는 불완전한 것도 아니고, 완성을 향해 서서히 나아가는 과정에 있는 것도 아닐세. 그럼, 이 세계는 매 순간 완전하며, 모든 죄는 이미 그 속에 은총을 품고 있고, 모든 어린아이는 이미 그들 안에 노인을 품고 있고, 모든 젖먹이는 이미 그들 안에 죽음을 품고 있고, 모든 죽어가는 사람들은 이미 그들 안에 영원한 생명을 품고 있다네. 누구도 다른 이가 자신의 행로에서 얼

---

* 우주의 근본적 원리인 브라만이 인격화된 신.

마나 나아갔는가를 알 수 없어. 도둑이나 노름꾼의 내면에도 부처가 있고, 브라만의 내면에도 도둑이 있는 셈이지. 깊은 명상 속에서는 시간을 지양할 수 있고, 이미 존재했고 지금 존재하고 앞으로 존재할 모든 생명이 동시에 존재하고 있음을 볼 수 있으며, 그러면 모든 것이 선하고 모든 것이 완전하며 모든 것이 브라만임을 알 수 있다네. 그렇기 때문에 내게는 존재하는 모든 것이 선하게 보이고, 죽음도 삶과 같은 것으로, 죄악도 신성한 것으로, 지혜도 어리석음과 같은 것으로 보여. 모든 것이 그럴 수밖에 없지. 모든 것은 다만 나의 동의, 나의 승낙, 나의 다정한 인정만을 필요로 할 뿐이야. 그러니 이는 내게 좋은 일이고 내가 나아가도록 도와줄 따름이지, 내게 결코 해를 가할 수 없어. 반항을 그만두는 법을 배우기 위해서는, 이 세상을 사랑하는 법을 배우기 위해서는, 이 세상을 내가 소망하고 상상하는 일종의 완벽한 상태와 비교하지 않고 있는 그대로 사랑하고 기꺼이 그 일원이 되는 법을 배우기 위해서는, 내가 죄악을 저지르고 관능의 쾌락과 물욕과 허영심에 빠지고 가장 수치스러운 절망 상태에 떨어질 수밖에 없었다는 사실을 육신의 경험과 영혼의 경험으로 알게 되었다네—오, 고빈다, 이것이 내 마음속에 떠오른 몇 가지 생각일세."

싯다르타는 몸을 굽혀 땅바닥에서 돌멩이 하나를 집어들고는 이리저리 흔들어보았다.

"여기 있는 이것 말일세." 그는 돌을 만지작거리며 말했다. "이것은 하나의 돌멩이고, 이 돌멩이는 일정한 시간이 지나면 흙이 될 것이며, 그 흙에서는 식물이 돋아나거나 짐승 또는 인간이 생겨날 거야. 예전 같았으면 나는 이렇게 말했을 테지. '이 돌멩이는 그저 하나의 돌멩이에 불과한, 아무 가치 없고, 마야의 세계에 속한 것이다. 하지만 이것 역시 변화의 순환 속에서 인간이 될 수도 있고 정신이 될 수도 있기에, 나는 이 돌멩이도 중요하다고 본다.' 예전 같았으면 그런 식으로 생각했을 걸세. 하지만 지금은 이렇게 생각한다네. 이 돌멩이는 하나의 돌멩이기도 하지만, 짐승이기도 하고, 신이기도 하고, 부처이기도 하다. 내가 이 돌멩이를 존경하고 사랑하는 까닭은, 이 돌멩이가 언젠가는 이런저런 다른 어떤 것이 될 수 있어서가 아니라 이미 오래전부터 그리고 항상 그 모든 것이기 때문이다―그리고 이것이 돌멩이라는 사실, 이것이 지금 그리고 오늘 내게 돌멩이로 보인다는 사실, 바로 그 사실 때문에 나는 이 돌멩이를 사랑하고, 이 돌멩이의 줄무늬와 움푹 파인 홈, 노란색, 회색, 단단함, 두드릴 때 나는 소리, 표면의 건조함이나 축축함, 그 모든 것에서 가치와 의의를 발견하게 된다네. 돌멩이 중에는 기름이나 비누 같은 촉감을 지닌 돌멩이도 있고, 나뭇잎 같은 것도 있으며, 모래 같은 것도 있어. 하나하나 독특하고 각기 자기 방식으로 옴을 발하고 있으며, 하나하나가 브라만이라고 할 수 있지. 그러나 동시에 돌멩이고, 기름 같기도 하고 비누 같기도 하기에, 바로 그 점이 마음에 들고 경이로우며 숭배할 가치가 있어 보여. 하지만 그 문제에 대해서는 더이상 말하고 싶지 않네. 말이라는 것은 오히려 신비로운 의미를 퇴색시켜서, 말로 표현하다보면 모든 것이 조금씩 달라지고 조금씩 왜곡되며 조금씩 어리석어지거든―그래, 하지만 그것도 아주 좋은 일이라고 할 수 있고 내 마음에 들기도 해. 어떤 사람에게는 보배이고 지혜인 것이 다른 사람에게는 항상 어리석은 소리로 들린다는 사실에도 나는 흔쾌히 동의한다네."

고빈다는 묵묵히 듣고만 있었다.

"무엇 때문에 내게 돌멩이 이야기를 들려준 건가?" 잠시 후에 그가 머뭇거리면서 물었다.

"무슨 특별한 의도가 있었던 것은 아닐세. 아니 나는 이 돌멩이, 이 강물, 우리가 보고 배움을 얻을 수 있는 모든 것을 사랑한다는 말을 하려고 했던 것 같네. 나는 하나의 돌멩이를 사랑할 수 있네, 고빈다. 한 그루의 나무, 한 가닥의 나무껍질도 사랑할 수 있어. 이것들은 사물이고 우리는 사물을 사랑할 수 있지. 그러나 말은 사랑할 수가 없어. 그래서 내게는 가르침이라는 것이 아무 소용이 없는 거야. 가르침은 단단하지도 않고, 부드럽지도 않고, 색깔도 없고, 모서리도 없고, 냄새도 없고, 맛도 없고, 그저 말에 불과하거든. 자네가 평화를 얻는 데 방해되는 것이 어쩌면 바로 이 가르침, 많은 말이 아닐까. 해탈이나 덕, 윤회나 열반이라는 것도 말에 불과하다네, 고빈다. 열반이라고 여기는 것은 사실 존재하지 않아. 다만 열반이라는 단어가 있을 뿐이지."

고빈다가 말했다. "친구여, 열반이란 그저 한마디 말에 불과한 것이 아니야. 열반은 하나의 사상이네."

싯다르타가 말을 이었다. "하나의 사상, 그럴지도 모르지. 사랑하는 친구여, 나는 자네에게 이렇게 고백하지 않을 수 없군. 나는 사상과 언어가 별반 다르지 않다고 생각하네. 솔직히 말해 사상을 그리 대수롭게 여기지 않아. 나는 사물을 더욱 소중하게 여기지. 예를 들어 여기 있는 이 나룻배에는 나보다 앞서 뱃사공이었고 스승이자 성자였던 이가 있었다네. 그 사람은 오랜 세월 동안 단순히 강물만 믿으며 살아왔을 뿐 그 밖에는 아무것도 믿지 않았어. 그는 강물 소리가 자기에게 말을 걸고 있음을 알아차렸고, 그 소리로부터 가르침을 얻었으며, 강물은 그를 교육하고 그를 가르쳤어. 그에게 강물은 신과 같은 존재였다네. 오랜 세월 동안 그는 모든 바람, 모든 구름, 모든 새, 모든 딱정벌레가 신성한 존재임을, 그가 숭배하는 강물만큼이나 많은 것을 알고 있고 가르침을 주는 존재임을 모르고 지냈어. 그러나 그 성자는 숲속으로 들어가면서 그 모든 것을 깨달았다네. 스승도 없었고 책도 없었지만 그 사람은 자네나 나보다 많은 것을 깨달았는데, 그건 단지 그가 강물을 믿었기 때문이야."

고빈다가 말했다. "하지만 자네가 '사물'이라고 부르는 것들이 과연 현실적인 것, 본질적인 것일까? 단지 마야의 속임수, 형상 내지 환영에 불과한 것이 아닐까? 자네가 이야기하는 돌멩이, 자네가 말하는 나무, 자네가 말하는 강물―그것들이 정말 실재하는 것일까?"

"그것도 내게는 그리 대수로운 문제가 아닐세." 싯다르타가 말했다. "사물이 환영인지 아닌지는 그리 중요한 문제가 아니야. 만약 그 사물들이 환영이라면 나 또한 환영이라고 할 수 있을 테고, 그렇다면 그 사물들은 나와 똑같은 존재인 것이지. 내가 사물을 그토록 사랑스럽고 숭배할 만한 가치가 있다고 여기는 건 바로 그 때문이네. 그래서 나는 그것들을 사랑할 수가 있지. 그리고 자네는 이 가르침에 웃을지도 모르겠지만, 고빈다, 이제는 사랑이야말로 내게 무엇보다 중요한 것이라네. 이 세상을 완전히 이해하는 일, 세상을 설명하고 세상을 경멸하는 일, 그것은 위대한 사상가들이 하는 일이겠지. 하지만 내게는 이 세상을 사랑할 수 있는 것, 세상을 경멸하지 않고 세상과 나 자신을 미워하지 않는 것, 세상과 나와 모든 존재를 사랑과 경탄의 마음, 외경심을 품고 바라볼 수 있는 것만이 중요하다네."

"이해하겠네." 고빈다가 말했다. "그러나 세존께서는 그런 사랑도 미망이라고 인식하셨네. 그분은 선의와 아끼는 마음, 동정, 관용을 지니라고 명하셨지, 사랑을 지니라고 명하지는 않으셨어. 그분은 우리 마음이 세속적인 것에 대한 애착에 얽매이는 것을 금하셨다네."

"나도 알고 있네." 싯다르타가 말했다. 그의 미소는 황금빛으로 빛났다. "나도 알고 있어, 고빈다. 자, 보게나, 우리는 지금 견해의 정글 속에서 말에 관한 논쟁을 벌이고 있어. 왜냐하면 사랑에 관한 나의 말이 고타마가 하신 말씀과 모순된다는 사실, 겉으로 보기에 모순된다는 사실을 내가 부인할 수는 없기 때문이지. 바로 이러한 이유에서 나는 말을 그토록 불신하고, 이러한 모순이 착각이라는 것도 알고 있네. 나는 고타마와 내 의견이 일치한다는 것을 알고 있어. 어떻게 그분이 사랑을 알지 못한다고 할 수 있겠나, 그분은 인간이라는 존재의 모든 것이 덧없고 허망함을 알고 계셨음에도 더없이 중생을 사랑해서 고행으로 가득한 자신의 평생을 오로지 중생을 돕고 가르치는 데 쓴 분인데! 그분, 즉 자네의 위대한 스승을 보더라도, 말보다 사실이 더 소중하기에, 그분의 행위와 삶이 그분의 말보다 더 중요하며 또 그분의 손짓 하나하나가 그분의 견해보다 더 중요하다네. 내가 보기에 그분의 위대함은 설법이나 생각에 있는 것이 아니라, 그분의 행위, 그분의 삶에 있는 듯해."

늙은 두 친구는 한참을 아무 말도 하지 않았다. 그러다가 고빈다가 허리를 굽히며 작별인사를 하고는 말했다. "싯다르타, 자네 사상을 어느 정도 설명해주어서 고맙네. 어떤 생각은 특이하기도 하고, 내가 당

장 전체를 이해하기는 어렵네만. 그래도 고마워, 내내 평안히 지내기를
바라네."

(그러나 고빈다는 마음속으로 생각했다. '이 싯다르타라는 친구는
참으로 기이한 인물이야. 기묘한 사상을 말하고 있고, 그의 가르침은
어리석어 보여. 세존의 순수한 가르침은 이와는 다르지. 더 명료하고,
더 순수하고, 더 이해하기 쉽고, 이상한 점이나 어리석은 점, 우스꽝스
러운 점이라고는 전혀 없어. 그런데도 싯다르타의 손과 발, 그의 두 눈,
그의 이마, 그의 숨결, 그의 미소, 그의 인사, 그의 걸음걸이는 그가 내
보이는 사상과는 다르군. 우리의 세존 고타마께서 열반에 드신 이래로
이 사람이야말로 성인이라는 느낌을 주는 사람을 한 번도 만나보지 못
했는데! 오직 이 사람, 오로지 이 싯다르타만이 그런 사람이라는 느낌
을 주는군. 비록 그의 가르침은 이상하고 그가 하는 말들은 어리석게
들리는 것 같지만, 그의 눈빛이나 손이나 피부나 머리카락, 그의 모든
부분이 순수함, 평온함의 빛을 내뿜고 있고, 명랑함, 온화함, 신성함의
빛을 내뿜고 있어. 이런 모습은 우리의 스승 세존께서 열반에 드신 이
래로 어떤 사람에게서도 보지 못했어.')

고빈다는 이런 생각을 하면서 마음속으로는 갈등을 느끼면서도 사
랑의 감정에 이끌려 다시 한번 싯다르타에게 몸을 숙여 인사했다. 조용
히 앉아 있는 싯다르타에게 그는 깊숙이 몸을 숙였다.

"싯다르타." 그가 말했다. "우리는 이제 나이가 들었네. 이 모습으로
다시 만나기는 어렵겠지. 사랑하는 친구여, 내가 보니 자네는 이미 평
화를 얻었군. 고백하자면 난 아직이라네. 존경하는 벗이여, 내게 한마
디만, 내가 알아들을 수 있고 이해할 수 있는 말을 좀 들려주게나! 떠나

는 길에 무슨 말이든 베풀어주게. 내가 가는 길은 종종 힘겹고, 종종 암울하다네, 싯다르타."

싯다르타는 아무 말도 하지 않고 여전히 잔잔한 미소만 머금은 채 고빈다를 바라보았다. 고빈다는 불안과 동경에 찬 시선으로 친구의 얼굴을 응시했다. 고빈다의 눈빛에는 고뇌와 영원한 추구, 그럼에도 영영 찾을 수 없다는 데서 오는 절망이 서려 있었다.

싯다르타는 그 눈빛을 보고 미소 지었다.

"나한테 몸을 숙여보게!" 그는 고빈다의 귀에 나지막이 속삭였다. "나한테 몸을 숙여봐! 그렇지, 더 가까이! 아주 가까이! 내 이마에 입을 맞춰주게나, 고빈다!"

고빈다는 의아하게 생각하면서도 위대한 사랑의 감정과 어떤 예감에 이끌려 싯다르타의 말대로 그에게 바짝 다가가 이마에 입술을 갖다 댔고, 그러자 무엇인가 기이한 일이 일어났다. 그는 여전히 싯다르타가 한 이상한 말들에 대해 생각하고 있었고, 여전히 시간의 관념을 초월해보고자, 또 열반과 윤회를 하나로 생각해보고자 억지로 헛되이 애를 쓰고 있었다. 마음속에서는 여전히 친구가 한 말에 대한 경멸감이 친구에 대한 무한한 사랑과 외경심에 맞서 싸우고 있었다. 이런 상태에서 그에게 기이한 일이 일어난 것이다.

고빈다의 눈에 친구 싯다르타의 얼굴이 더이상 보이지 않고, 대신 다른 사람들의 얼굴, 수많은 사람들의 얼굴이 길게 열을 지어 나타났다. 수백, 수천의 얼굴은 유유히 흐르는 강물을 이루며 나타났다가 다시 사라졌지만, 모든 얼굴이 동시에 거기 현존하는 것처럼 보였고, 모든 얼굴이 끊임없이 변화하면서 새로운 모습으로 변했으며, 그 모든 얼굴은 싯다르타의 얼굴이었다. 고빈다는 또한 물고기 한 마리의 얼굴, 무한한 고통에 겨워 입을 벌린 한 마리 잉어의 얼굴, 흐릿한 눈빛으로 죽어가는 한 마리 물고기의 얼굴을 보았고, 온통 주름이 가득한 붉은 핏덩이의 모습으로 울음을 터뜨리려는 듯 찡그린, 갓 태어난 아기의 얼굴도 보았다. 또 다른 사람의 몸을 단검으로 찌르는 어떤 살인자의 얼굴도 보았는데, 같은 순간, 그 살인자가 꽁꽁 묶인 채 무릎을 꿇고 있는 모습, 머리가 망나니의 칼에 잘려나가고 있는 모습도 보았다. 그는 벌거벗은 채 온갖 체위로 격렬한 사랑의 싸움을 벌이는 남자와 여자의 몸뚱아리들도 보았고, 또 사지를 쭉 뻗은 채 움직이지 않고 차갑게 식어 허망한 모습으로 누워 있는 시체들도 보았다. 동물 머리, 즉 멧돼지들의 머리, 악어들의 머리, 코끼리들의 머리, 황소들의 머리, 새들의 머리를 보았으며, 신들의 모습도 보았는데, 거기에는 크리슈나의 모습도 있었고, 아그니*의 모습도 있었다. 그는 그 모든 형상과 얼굴이 서로 돕고, 서로 사랑하고, 서로 미워하고, 서로 파멸시키고, 새로운 생명을 잉태시키기도 하면서 수천 갈래의 관계를 맺고 있는 것을 보았다. 그 형상과 얼굴은 하나하나가 죽음을 향한 의지였으며, 덧없음에 대한 고통스러움을 열정적으로 고백하는 것이었다. 그러나 그 어느 것도 다만 모습을 바꿀 뿐 아직은 죽은 것이 아니었고, 계속 새롭게 태어나 새로운 모습을 띠었으며, 하나의 얼굴과 다른 얼굴 사이에는 어떤 시간도 가로놓여 있지 않았다―그리고 그 모든 형상과 얼굴은 정지하기도 하고, 흘러가기도 하며, 생성되기도 하고, 떠내려가다가 서로 하나가 되기도

_____

* 인도신화에서 불의 신이다. 인간세계와 신의 세계를 연결하는 존재로, 제단의 제물을 하늘로 전달한다.

했다. 그리고 그 모든 것 위에는 항상 무엇인가 얇은 것, 실체는 없지만 현존하는 무언가가 마치 유리나 살얼음처럼, 혹은 투명한 막처럼, 마치 물로 된 껍질이나 표면 또는 가면처럼 덮여 있었다. 그 가면은 미소를 짓고 있었는데, 바로 싯다르타의 미소 짓는 얼굴, 고빈다 자신이 지금 이 순간 입맞춤하고 있는 싯다르타의 미소 짓는 얼굴이었다. 고빈다는 이 가면의 미소, 흘러가는 형상들 위에 서린 이 단일성의 미소, 수천의 탄생과 죽음 위에 서린 이 동시성의 미소, 이 싯다르타의 미소가 자신이 수백 번이나 외경심을 품고 우러러보았던 부처의 미소와 똑같다는 생각이 들었다. 싯다르타의 미소는 고요하고 우아하고 심오하며, 자비로운 것 같기도 하고 비웃는 것 같기도 하며, 지혜로워 보이기도 하는, 수천 겹이나 되는 고타마의 신비한 미소와 꼭 빼닮은 모습이었고, 고빈다는 완성을 이룬 자들은 이 같은 미소를 짓는다는 사실을 깨달았다.

시간이라는 것이 실재하는지, 이런 직관이 한순간에 온 것인지 아니면 수백 년에 걸쳐 온 것인지 더이상 알 수 없었으며, 싯다르타라는 인간이, 고타마라는 인간이, 나라는 존재 그리고 너라는 존재가 실재하는지도 더이상 알 길이 없었다. 마치 마음속 가장 내밀한 부분이 신성한 화살에 맞아 그 상처에서 달콤한 맛이 나는 듯했고, 그 내밀한 부분이 마법에 걸려 녹아내리는 것 같기도 했기에, 고빈다는 자신이 방금 전에 입을 맞추었고 모든 형상, 모든 변화, 모든 존재의 무대가 되었던 싯다르타의 평온한 얼굴 위로 몸을 숙인 채 얼마간 그대로 서 있었다. 그 얼굴 표면 아래에서 수천 겹의 깊이가 다시 닫히고 난 후에도 무엇 하나 변한 것 없이, 싯다르타는 여전히 말없이 조용하고 온화하게, 매우 자애로운 듯도 하고 매우 비웃는 듯도 한 미소를 머금고 있었다. 세존 부처가 지어 보이던 미소와 똑같은 미소였다.

고빈다는 깊숙이 몸을 숙여 인사했다. 영문을 알 수 없는 눈물이 그의 늙은 뺨을 타고 흘러내렸고, 그의 가슴속에서는 가장 진실하고도 내밀한 사랑의 감정과 겸허한 존경의 감정이 불꽃처럼 뜨겁게 타올랐다. 그는 꼼짝하지 않고 미소만 머금은 채 앉아 있는 이에게 머리가 땅에 닿을 정도로 깊숙이 몸을 숙여 인사했는데, 싯다르타의 미소는 고빈다 자신이 평생 동안 사랑했던 모든 것, 그의 삶에서 가치 있고 신성했던 모든 것을 떠오르게 했다.

'대립'을 넘어 '단일성'에 이르다
─ 자아의 완성을 향한 구도의 여정

『싯다르타』는 내게 신약성서보다 더 큰 치유력을 가진 작품이다.
_헨리 밀러

헤르만 헤세의 생애와 작품

『싯다르타』는 20세기 독일의 대표 작가 헤르만 헤세가 1922년에 발표한 종교적 성장소설이다. 헤세는 1928년 12월 2일자 일기에서 자신의 작품에 대해 이렇게 말하고 있다.

　내가 쓴 산문 작품은 대부분 영혼의 전기라고 할 수 있다. 그 작품들에서 중요한 것은 어떤 이야기나 사건, 긴장이 아니다. 영혼의 전기는 근본적으로 혼자서 하는 독백이다. 작품 속에서 페터 카멘친트나 크눌프, 데미안, 싯다르타, 하리 할러 등 각 개인은 세계와 자기 자신에 대한 관계를 성찰하고 있다.

이처럼 헤세의 작품들은 작가 자신의 세계 체험이 녹아 있는, 자기 삶에 대한 성찰이자 고백인 경우가 많다. 헤세의 작품을 읽는 많은 독자들이 작품의 주인공에게 동질감을 느끼는 까닭도 여기에 있을 것이다. 『싯다르타』의 주인공 싯다르타 역시 성장소설의 구도에 맞게 삶의 여러 단계를 거치고, 매 단계마다 자신의 삶을 성찰하고 새롭게 출발한다. 독자는 싯다르타의 삶을 자신의 삶과 비교하면서 자극을 받고, 소설의 마지막에 이르러 성숙한 인격의 주인공을 만나게 된다.

헤세의 작품에 등장하는 주인공의 근본적인 깨달음은 작가의 체험을 토대로 하는 경우가 대부분이어서, 작가를 이해해야 작품세계를 더 잘 이해할 수 있다. 헤르만 헤세는 발트해 연안 출신의 독일 선교사였던 아버지 요하네스 헤세와 슈바벤 지방 출신 선교사의 딸이었던 어머니 마리 군데르트 사이에서, 1877년 7월 2일 독일 남부의 소도시 칼프에서 네 아이 중 둘째로 태어났다. 헤세의 유년 시절에 각인된 것은 주로 독일 남부 슈바르츠발트의 자연환경과 경건주의적 가풍이다. 헤세는 작품에서 남부 독일을 언제나 정감 넘치는 고향으로 등장시켰지만, 경건주의적이고 엄격하고 독실한 기독교적 가풍에 대해서는 청소년기부터 반항하는 태도를 보였다. 양친과 조부모가 인도에서 활동했고 종종 아시아의 방문객들도 방문했음에도 집안에는 편협한 종교적 분위기가 감돌았다. 헤세의 양친은 독일 개신교의 중요한 흐름 중 하나인 경건주의의 종교적 관행을 따라 규칙적인 기도와 명상, 성경 공부 등 금욕적이고 세상에 등을 돌리는 엄격한 종교적 경건을 추구했다.

어릴 때부터 책 읽기를 좋아한 헤세는 학식이 뛰어난 외조부의 서재에서 많은 책을 읽었다. 하지만 감수성이 풍부한 헤세에게 학교생활은 고문과 같았다. 그는 어렸을 적 스위스 바젤에서 선교단체 교사로 활동한 아버지를 따라 잠시 그곳의 선교단체에서 운영하던 학교를 다니다가, 1886년 다시 고향 칼프로 돌아왔다. 고향에서 라틴어 학교의 성직자나 대학 진학자를 위한 예비과정에 다니다가, 재능 있는 학생들을 선발해 튀빙겐 신학교에 입학할 수 있는 장학금을 주는 주정부 장학생 선발 시험에 열네 살에 합격했고, 이후 마울브론 수도원 부설 개신교 신학교에 입학해 튀빙겐 신학교에 들어가기 위한 예비공부를 시작했다. 하지만 신학교의 숨막히는 분위기를 견딜 수 없었고 학업과 "시인이 아니면 아무것도 되고 싶지 않"은 문학적 성향을 잘 조화시킬 수 없어 칠 개월 만에 도망쳐나왔다. 이는 헤세가 겪은 삶의 첫 위기였는데, 고향 칼프에서 겪은 학창 시절 일들은 후에 헤세의 두번째 소설 『수레바퀴 아래서』의 소재가 된다.

이후 헤세는 양친과 심각한 갈등을 겪는 가운데 여러 학교와 요양시설을 전전하면서 사춘기적 반항심, 고독감, 특히 부모의 몰이해로 고통스러운 나날을 보냈고, 몇 번 자살까지 시도했다. 헤세는 결국 학업을 중단하고 잠시 기계공으로 견습생 생활을 하다가 튀빙겐에서 서적 판매원으로 정식 직업교육을 받은 후 고서점에서 일하고 자립할 정도의 수입도 확보하게 되었다. 헤세는 고서점에서 일하면서 철학, 신학, 법학 관련 서적 외에도 괴테와 실러의 작품들, 그리스신화에 관한 글을 즐겨 읽었고, 노발리스, 브렌타노, 아이헨도르프, 티크와 같은 낭만주의 작가들의 작품도 탐독했다. 그러다가 두번째 고향이라고 할 수 있는 바젤로 옮겨가 고서점에서 일하는 틈틈이 습작을 발표하지만, 그때까지

작가로는 주목받지 못한 상태였다. 헤세는 어렵게 모은 돈으로 두 차례 이탈리아 여행에 나서기도 했는데, 괴테가 이탈리아 여행 후 예술적 심미안이 열려 고전주의로 나아갔던 것처럼 헤세 역시 이 두 차례의 여행이 예술에 대한 관심을 일깨워 후에 화가 및 음악가와 교류하고 직접 수채화도 그리는 계기가 되었던 것으로 보인다.

　헤세에게 작가로서의 명성을 가져다준 작품은 1904년에 출간된 교양소설 『페터 카멘친트』다. 헤세의 분신 같은 존재라고 할 수 있는 페터 카멘친트는 소설에서 일인칭 화자로 등장하는 천진난만한 주인공이다. 그는 산으로 둘러싸인 한 작은 마을에서 자연을 무척이나 사랑하면서 산과 호수, 바람과 별과 구름을 관찰하고 예찬하며 성장한다. 그러다가 도시적인 삶을 추구하게 되어 도시로 진출해 작가로서의 삶을 살기도 하지만, 도시의 교육과 삶에도 불구하고 자신은 자연에서 자란 아이이며, 도시에서는 고향 마을에서 부정하고자 했던 술과 같은 '원죄들'에 맞닥뜨릴 수밖에 없음을 알게 된다. 그는 늙은 아버지를 돌보러 다시 고향으로 돌아오면서, 자신은 시인이 되고자 청소년 시절의 꿈을 쫓아갔지만 정작 시인이 된 것인지, 시인이 될 수는 있는지 알 수 없었고, 다만 여행에서 만나 알게 된 수많은 사람들을 회상하면서 어떤 문학이라도 이런 소중한 경험과 기억을 보상할 수는 없을 것이라고 고백한다. 이런 인식에 이른 주인공은 자기를 실현하려는 사람들에게 고향은 언제나 가슴과 정신에 남아 있음을 잊지 말라고 당부한다. 이 작품역시 성장소설의 특징을 보이는데, 자연과 현대문명 속에서 개인의 정체성 탐색, 예술의 역할 등 헤세 후기 작품의 여러 주제를 선취하고 있으며, 당시 청소년들에게 많은 감동을 안긴 소설이기도 하다.

『페터 카멘친트』의 성공에 힘입어 헤세는 이탈리아 여행중에 만났던 아홉 살 연상의 사진작가 마리아 베르누이와 결혼하고 프리랜서 작가로서의 삶을 시작했다. 헤세는 아내와 함께 보덴 호숫가 가이엔호펜에 정착해 전원주택을 마련하고 세 아들을 낳았다. 하지만 헤세는 자신이 아버지가 되기에 부족하다고 여겨 결혼생활의 행복을 점차 부담으로 느끼게 되었고, 집에 머물기보다는 친구들과 여행에 나서고 독일 등지로 강연을 다니며 많은 시간을 보냈다. 1911년에 헤세는 종교적 영감을 얻고자 친구인 화가 한스 슈투르체네거와 인도 여행에 나서는데, 정작 인도 땅은 밟지 못한 채 스리랑카, 말레이시아, 인도네시아만 돌아보고 귀국했다. 여행에서 돌아와서는 보덴호수에서의 삶을 더이상 이어가지 못하고 가이엔호펜에 있는 주택을 처분한 뒤 스위스 베른으로 이주하여 1919년까지 그곳에 머물렀다.

1914년에 발발한 제1차세계대전은 헤세의 세계 인식과 작품세계에 변화를 가져온 계기가 되었다. 헤세는 전쟁 초기에 입대를 자원하지만 복무 부적격 판정을 받아 전쟁이 끝날 때까지 베른에 있는 독일포로구호기구에서 활동했다. 이 기간에 애증의 대상이던 부친이 사망하고, 세 살 난 막내아들이 뇌막염에 걸렸으며, 우울증을 심하게 앓아 요양소에서 몇 년을 보낸 부인과 별거하는 등 개인적인 시련을 겪으며 생애 두번째 위기를 맞았다. 또한 반전주의자로서 신문과 잡지에 수많은 글을 기고했기에 어떤 형태로든 예술가로서 시대와 대결하지 않을 수 없었다. 이런 삶의 위기는 헤세에게 새로운 창작의 길을 열어주었다. 이전까지는 사유와 감정이 평화로운 고향세계에 지나치게 매여 있어 깊은 불안에 빠진 시대의 모습을 뚜렷이 묘사할 수 없었는데, 이제 시대가 겪고 있는 많은 문제를 확연히 보게 된 것이다.

1917년 집필되어 1919년에 '에밀 싱클레어'라는 필명으로 출간된 『데미안』은 이전의 낭만성을 지양하고 새로운 사상과 인식을 담아 쓴 작품으로, 토마스 만으로부터 "섬뜩할 정도로 정확하게 시대의 신경을 건드린 작품"이라는 평가를 받았다. 이 소설은 불안에 사로잡히고 혼란으로 가득한 정신의 소유자인 십대 청소년 에밀 싱클레어에 관한 이야기이다. 소설은 열 살 소년이 성숙하고 자기성찰적인 성인이 되어가는 과정을 주인공의 시각에서 그리고 있는데, 소설의 본래적인 사건이 일어나는 장소는 영혼의 영역으로 그 속에서 모든 체험이 심화되어 의미심장하게 재현된다. 어린 시절부터 자기 삶에서 두 세계가 존재함을 예감하는 싱클레어는 외부의 어두운 세계뿐 아니라 내면의 어두운 충동을 경험하고 극복하면서 내적 성장을 향해 나아간다. 친구 데미안은 선과 악으로 대변되는 양극성과 대립을 포괄하는 새로운 세계('아프락사스')를 제시하면서, 싱클레어가 자기 자신에게로 이르는 길을 독자적으로 걸어가도록 안내하는 역할을 한다. 자기실현을 위해 내면의 길을 걷는 것―이것이 바로 전쟁으로 야기된 혼란과 가치 전도에 대한 헤세의 대답이었다. 당시 1차대전을 경험한 젊은 세대는 이 소설에 열광하고 공감했다. 왜냐하면 그들 자신의 정신적 곤경이 솔직하고 강렬하게 표현되었을 뿐 아니라 기독교와 시민적 도덕이라는 전통적 도그마에서 해방되어 신과 새로운 인간상에 도달하려는 싱클레어의 통찰이 그들 자신의 변화된 삶의 감정과 일치했기 때문이다.

그러나 이 소설의 성공도 개인적인 시련을 겪고 있던 헤세에게는 위안이 되지 못했다. 헤세는 1919년 베른의 전셋집을 해약하고 가족과 헤어져 혼자서 테신주의 산중마을 몬타뇰라로 이사해 자신이 처한 삶의 위기에서 벗어나고자 했다. 헤세는 1921년부터 약 일 년 반 동안 창작활동이 거의 불가능할 정도로 우울증에 빠졌고, 여러 차례에 걸쳐 카를 구스타프 융에게서 심리치료를 받기도 했다. 1922년 발표한 소설 『싯다르타』에서는 절망과 고뇌, 삶의 새로운 방향을 모색하는 단계에 있던 이 시기의 흔적이 뚜렷이 나타난다.

헤세는 1923년 6월에 신경쇠약을 앓는 첫 부인과 이혼하고, 1924년 작가인 친구의 딸이자 스무 살 연하의 소프라노 가수인 루트 벵거와 재혼했다. 그러나 이 결혼 역시 오래 지속되지 못하고 1927년 파경에 이르렀다. 그동안 헤세는 인생에 대한 절망감과 출구 없는 시대적 분위기 때문에 또다시 극심한 우울증에 시달렸고, 요양과 정신분석 치료를 통해 내면의 위기를 극복하고자 했다. 이때 그에게 가장 많은 도움을 주었던 것은 글쓰기 작업이었다. 헤세는 1927년 출간된 『황야의 이리』에서 자신과 병든 시대에 대한 분석을 시도했다. 이 소설은 현대의 대도시를 배경으로 동물적 충동과 인간의 정신을 함께 지닌 주인공 하리 할러의 고뇌와 혼돈으로 가득찬 이중생활을 그리고 있다. 사회와 정치제도가 아닌 자유와 감정에 근거한 자아추구, 문명 비판, 기술에 대한 회의가 극에 달한 이 소설은 문명에 대한 염세주의와 더불어 양립할 수 없는 요구에 시달리는 현대인의 절망적 상황을 담아냄으로써, 이후 1970년대의 이른바 '히피 세대'에 이르기까지 지속적으로 영향을 끼쳤다.

1930년에는 비평가들이 헤세의 가장 아름다운 책으로 평가하는 『나르치스와 골드문트』가 출간되었다. 중세의 한 수도원이 배경인 이 소설에서 헤세는 지성과 감성, 종교와 예술로 대립되는 세계에 속한 두 인물, 즉 엄격한 금욕 생활을 하는 정신적 인간 나르치스와 육감적으로 삶을 긍정하는 자연적 인간 골드문트 사이의 사랑과 우정, 이상과 갈등, 방황과 동경 등을 다루었다. 이전의 분열된 자아를 극복하고 무수한 대립적 요소를 관조적으로 인식하는 과정에 있던 헤세가 모든 양극성을 넘어선 보다 고차원적인 단일성을 시적으로 관조한 결과로 보인다.

헤세가 여러 해에 걸친 삶의 권태를 극복하고 개인적인 행복을 다시 찾게 된 데는 니논 돌빈의 공이 컸다. 미술사를 전공한 니논 돌빈은 헤세를 오랫동안 연모해왔고, 두 사람은 1927년부터 동거하다가 1931년에 결혼해 서로를 평생의 반려자로 삼았다. 헤세의 부유한 친구인 한스 보드머는 몬타뇰라 위쪽에 주택을 새로 지어 헤세 부부가 평생 사용할 수 있도록 배려했고, 헤세는 이곳에서 여러 출판인과 문인의 방문을 받으며 만년의 대작『유리알 유희』를 집필했다.

헤세의 개인적 삶이 밝은 빛으로 나아가는 동안 독일의 정치적 분위기는 더욱 암울하게 변했다. 1933년 국가사회주의자들이 집권하면서 헤세는 '조국도 모르는 놈'이라는 욕을 먹기도 했다. 그렇지만 나치 치하에서도 헤세의 책들이 금서 목록에 오른 것은 아니었고, 헤세는 정치적 이유에서 고향을 등져야 했던 토마스 만이나 베르톨트 브레히트 등 많은 독일 망명자들과 접촉하고 이들을 영접하며 일시적으로 은신처를 제공했다. 헤세는 2차대전 발발 전에『유리알 유희』의 집필에 들어가 1943년 스위스에서 이 소설을 출간했다. 이 소설에서도 헤세는 모든 삶의 양극성과 대립성을 넘어 작용하는 단일성에 대한 투시와 체험을 다룬다.

2차대전 이후 건강이 나빠지면서 그는 방대한 작품은 쓰지 못하고 약간의 시와 단편, 회상록, 일기, 서간문 등을 잡지나 개인 출판을 통해 발표했다. 1946년 스웨덴 학술원은 헤세에게 노벨문학상을 수상하면서, 나치가 지배한 야만의 어두운 시대에 인도주의적 세계상을 확립하고자 한 '새로운 독일'을 높이 평가했다. 헤세는 1962년 8월 9일 85세를 일기로 몬타뇰라에서 숨을 거두었고, 근교 성 아본디오 교회에 속한 공동묘지에 묻혔다.

『싯다르타』의 집필 배경

헤세는 소설 『싯다르타』를 1919년 말에 쓰기 시작해 1922년에 완성했다. 앞에서 언급했듯이 이 시기에 헤세는 삶의 심각한 위기를 두루 겪었다. 1914년 발발한 1차대전이 휴전으로 끝난 지 일 년 정도 지난 시기로, 부인은 정신착란을 일으켜 요양소에 입원해 있었고 세 아들은 지인들에게 맡겨진 상태였다. 헤세는 베른의 전셋집을 해약하고 난 후 세상에서 도피하려는 마음을 안고 가족과 헤어져 스위스 테신주 몬타뇰라에 있는 18세기에 지어진 '카사 카무치'로 이주하여 새로운 삶을 시작했다.* 이곳에서 헤세는 1931년 8월까지 십이 년간 머물며 창작을 위한 새로운 영감을 얻었고, 수채화에 몰두하기도 했다. 그나마 하나의 작은 위안이 되었던 것은 『데미안』이 성공을 거두고, 스무 살 어린 새

---

* 이곳에서 『싯다르타』 『황야의 이리』 『나르치스와 골드문트』와 같은 중기 대표작들을 집필했다.

연인 루트 벵거와의 사랑이 조금씩 싹트기 시작한 것이었다. 1919년 몬타뇰라에서 첫 여름을 보내는 동안 헤세는 이 모든 것에도 불구하고 유례없이 많은 작품을 집필했다. 한 가장의 도주를 다룬 『클라인과 바그너』를 썼고 이어 사 주 만에 『클링조어의 마지막 여름』을 완성했다.

그러나 소설 『싯다르타』를 집필하면서 헤세는 상당히 오랫동안 창작의 위기를 겪는다. 앞서 나온 소설들은 그리 어렵지 않게 완성했고, 『데미안』 역시 몇 달 동안 집중해서 완성한 소설이었다. 그러나 『싯다르타』의 집필은 순조롭지 못했다. 헤세는 1920년 2월에 본격적으로 집필에 착수해 일부 완성된 부분의 원고('사문들 곁에서' 부분)를 '금욕자들 곁에서'라는 제목으로 1920년 8월 『노이에 취리히 차이퉁』에 발표했다. 하지만 이후의 작업은 매우 느리게 진척되어 1921년 7월에야 『노이에 룬트샤우』에 추가로 완성한 3개 장('브라만의 아들' '고타마' '깨달음')을 더해 지금의 1부에 해당하는 총 4개의 장을 발표했다. 이어 9월에 쿠르트 볼프가 발행하는 잡지 『수호신』에 '싯다르타의 세속생활. 미완성 문학의 3개 장'이라는 제목으로 2부의 첫 3개 장('카말라' '어린아이 같은 사람들 곁에서' '윤회')을 발표했다. 하지만 작품의 완성을 한참 앞두고 다시 슬럼프가 찾아왔다. 헤세는 결국 프로이트의 제자 카를 구스타프 융에게 몇 주에 걸쳐 정신분석 치료를 받은 후 1922년 3월 말에야 다시 집필에 착수해 같은 해 5월에 2부의 남은 부분('강가에서'부터 '고빈다'까지)을 써서 피셔 출판사에 넘겼다. 이때 소설의 1부는 프랑스 문인이자 평화주의자였던 로맹 롤랑에게 헌정되었고, 2부는 외사촌 빌헬름 군데르트에게 헌정되었다.

헤세의 슬럼프와 관련해서는 여러 해석이 있지만, 헤세 자신은

1920년 8월 중순의 한 일기에서 창작의 위기에 대해 이렇게 밝히고 있다.

여러 달 전부터 나의 인도 소설, 나의 매, 나의 해바라기, 나의 영웅 싯다르타가 저기에 누워 있다. 실패한 장에서 중단된 채로―나는 그날, 더이상 진척이 없고, 기다려야만 하며, 뭔가 새로운 것이 있어야 한다는 사실에 직면했던 그날을 생생히 기억한다. 싯다르타는 너무나 아름답게 시작하여 똑바로 성장하다가 갑자기 끝났다! (…) 나의 인도문학에서 내가 체험한 바를 서술했을 때는 유려하게 진행되었다. 지혜를 추구하고 고행하며 쇠약해진 젊은 브라만의 기분을 그릴 때는 그랬다. 인내자요 고행자인 싯다르타를 마치고 나서 승리자, 긍정하는 자, 극복하는 자인 싯다르타를 그리려 하자 더이상 나아갈 수가 없었다.

여기서 헤세는 진정한 체험 부족 때문에, 즉 자신이 그 내용을 직접 체험하지 못했기에 글을 쓸 수 없었고, 일 년 정도 자기 체험을 거치고 나서야 승리자이자 긍정하는 자로서의 싯다르타의 삶을 계속 그려나갈 수 있었다고 고백했다. 다시 말해 소설 주인공의 정신적 발전이 작가 자신의 발전과 연결되어 있어 주인공의 경험을 임의로 꾸며낼 수 없었다는 것이다.

창작을 위한 기본 조건으로서의 '체험'은 헤세가 겪은 창작 위기의 복잡한 원인을 들여다보게 해준다. 그런데 헤세는 어느 시점부터 어떤 구체적인 삶의 체험이 아니라 정신분석 치료의 경험에 대해 말하고 있다. 예를 들어 1921년 5월의 한 편지에서는 "정신분석은 신앙이나 철학 같은 것이 아니라 하나의 체험"이며, "이러한 체험을 그 근원까지 맛보고 삶에서 그 결과들을 이끌어내는 것이 정신분석을 가치 있게 만드는 유일한 것"이라고 썼다. 헤세는 이미 그해 2월에 카를 구스타프 융에게서 정신분석 치료를 받은 적이 있었고, 5월과 7월에도 상담을 받았다. 헤세는 융에게서 받은 정신분석의 성과로 '혼돈'의 체험을 언급하는데, 당시의 일기는 이를 분명히 보여준다. "나는 스스로에게 대립쌍들 뒤로 물러날 것, 혼돈을 받아들일 것을 요구하고 있다. 이는 정신분석이 요구하는 것으로서 나 역시 그 일부를 갖고 있다. 적어도 한 번 정도는 어떠한 가치평가도 하지 않고 우리 자신을 있는 그대로, 또는 무의식의 진술이 우리에게 보여주는 대로 보아야 한다. 도덕, 고상한 마음 그리고 모든 아름다운 가상은 벗어버리고 벌거숭이 상태의 우리가 지닌 욕망과 소망, 불안과 한탄의 모습을 보아야 한다. 그곳에서부터, 이 무의 지점에서부터 우리는 다시 실제의 삶을 위한 가치체계를 세워야 하고, 긍정과 부정, 선과 악을 구분해야 하며, 계명과 금기를 만들어야 한다."

이를 보면 헤세는 도덕적인 인간을 문제 삼고 무의식의 모순, 무관심과 대결하고 있음을 알 수 있다. 이는 헤세가 불교 문헌에 접근하는 방식에도 영향을 끼쳤다. 인도적인 것에 몰두하는 데에서 정신적인 면보다는 영혼과 종교의 내용에 대한 관심이 우세해지고, 감정적인 것이 지적인 것을 대체한 것이다. "벌써 이십 년 정도 쭉 인도에 몰두해왔는데 이제 새로운 발전의 지점에 이른 듯하다. 이제까지 나의 독서, 모색과 공감은 거의 전적으로 철학적인 인도, 순수하게 정신적인 인도, 베다와 불교의 인도에 관한 것이었고, 『우파니샤드』와 부처의 설법이 이 세계의 중심이었다. 이제야 나는 비슈누, 인드라, 브라흐마, 크리슈나 등의 신들이 거하는, 보다 본질적으로 종교적인 인도에 가까워지고 있다." 그러면서 헤세는 인도의 브라만적이고 신화적인 전통 그리고 불교에 의한 정화와 정신화의 경향을 가톨릭과 종교개혁의 관계에 비유하기도 했다.

정신분석학적 '혼돈'의 경험은 종교적 경험을 감각적인 것으로 만드는 데서 반복되어 나타난다. 치료적 퇴행과 신화적인 탐색이 서로 얽혀 있는데, 무의식과 본능적 충동 차원에서의 퇴행은 불교 이전의 가르침과 신화로의 퇴행에 조응하는 것이다. 이 과정에서 고대의 표상들이—한 개인 영혼의 삶에는 초시대적이고 일반적인 상징과 이미지의 흔적이 남아 있다고 보는 구스타프 융의 '원형'과 집단 무의식에 관한 이론에 따르면—개인의 심층 분석에서의 경험을 표현하는 데 도움을 줄 수 있다고 보았다. 정신분석에서 '체험되는 혼돈'은 글쓰기의 다양한 분지分枝의 형태로 나타난다. 헤세는 마치 삶과 기록을 완전히 일치시키려 한 인상을 준다. "아, 열 권 이상의 일기를 써야 한다. 세 권, 네 권은 이미 시작했다. 한 권은 '방탕자의 일기', 한 권은 '유년 시절의 원시림', 한 권은 '꿈의 책'이다. 게다가 화가의 일기, 음악가의 일기가 한 권 있어야 하고, 삶의 충동과 죽음에의 동경 사이의 오래된 싸움에 관한 한 권, 자살자의 일기, 그리고 어쩌면 성찰, 척도의 모색에 관한 것, 즉 개인적으로 생각한 것을 보편적인 것, 자연, 정치, 역사에 적용한 것이 한 권 있어야 할 것이다. 그리고 한동안 다성多聲과 양극성의 시도를 위해, 영혼의 순환성과 전방위성을 어떻게든 기록하기 위해 세 권 내지 네 권을 더 갖고 있어야 할 것이다. 불가능한 일이다. 벌써 가장 적은 일기도 너무 많고, 가장 단순한 것도 아주 복잡하다. 손에는 스무 개의 손가락이 있어야 하고, 하루는 백 시간이 되어야 할 것이다. 아, 열 개와 스무 개의 팔을 가진 인도의 신들이여! 그대들은 얼마나 진정한 신인가!" 삶은 광대한 글쓰기 구상의 대상이 되어 나타난다. 정신분석에서 전체성의 경험이 글쓰기의 차원에서 영혼의 삶을 기록하려는 욕구로 바뀌는 것이다. 그러나 '영혼의 순환성과 전방위성'은 작가가 제한할 수밖에 없는 '작품의 가느다란 실, 가느다란 멜로디'에서는 파악될 수 없다. 하나 분명한 것은 헤세의 경우 정신분석 치료가 근본적인 시학적 훈련이 되고 있다는 점이다.

한편, 헤세의 글쓰기 충동이 사라진 때는 『데미안』에서 자신의 필명을 노출한 것과 시기적으로 일치한다. 에밀 싱클레어는 같은 해 10월 말에 폰타네 문학상을 수상하지만, 헤세는 필명을 일 년 정도 사용하다가 실명을 밝히고는 상을 반납한다. 〈노이에 취리히 차이퉁〉의 문예부 편집책임자 에두아르트 코로디가 헤세의 소설과 『데미안』이 내용이나 문체 면에서 유사하다고 지적하면서 "사람이 필명을 사용하는 것은 자기 삶이 둘로 분열되어 있음을 인식한 경우, 새로운 집필을 시작하려는 경우"(1920년 7월 4일자)라고 지적한 것이 계기였다. 헤세는 같은 시기에 『싯다르타』의 집필을 중단했는데, 일기에 몸이 아프고 자살 충동까지 들었다고 적힌 것으로 보아 에밀 싱클레어라는 인물은 헤세에게는 자기 실존을 완전히 성공적으로 전환시킨 다른 자아였던 듯하다. 이 비밀스러운 자아는 헤세가 이전의 작품들에 얽매이지 않게 해주고 새로운 변신의 가능성을 제시해준 것으로 보인다. 흔히 헤세 연구에서 『싯다르타』는 『데미안』의 후속 작품 내지 병행 작품으로 여겨져왔고,

작가 또한 1923년 2월에 두 소설을 "동일한 길의 작품들"이라고 언급하기도 했다. 그러니까 에밀 싱클레어가 『싯다르타』의 작가로도 등장해 『데미안』의 노선을 계속 끌고 가는 상황도 가능했을 것이다. 그러나 헤세는 필명을 유지하지 않았다. 헤세가 그때까지 비밀스러운 다른 자아를 상정해 『싯다르타』를 집필해왔다면, 필명의 노출은 그의 글쓰기에 영향을 주었을 것이다. 고대 신화에서는 한 존재의 비밀스러운 이름이 드러나는 것은 곧 그 존재의 죽음을 의미한다. 헤세는 '강가에서'라는 장에서 『싯다르타』의 집필을 중단했는데, 결과적으로 이는 체험의 부족 외에도 다른 자아를 상실한 것과 연관이 있다고 봐야 할 것이다.

그러나 헤세는 1922년 3월 말에 집필을 재개했고 5월 7일에 작품을 완성할 수 있었다. 그 시기에 시집, 수채화집 등 다른 작품들을 발표하거나 강연 등에 나선 것을 보면 당시 창작의 슬럼프는 『싯다르타』에만 해당된 것 같다. 그러므로 헤세가 작품의 집필에 다시 착수할 수 있었던 것은 융 박사에게서 정신분석 치료를 받으면서 작품의 2부를 완성하는 데 필요한 '체험'을 얻었기 때문으로 추정된다. 헤세의 이러한 경험은 일반적인 행동 원리의 형태로 어느 정도 엿볼 수 있다. 1부의 싯다르타가 고타마(부처)를 따르기를 거부하는 장면에서, 싯다르타는 자신의 경험과 자신의 길을 어떤 가르침보다 우위에 둔다. 그는 귀의와 추종을 거부하고, 자기 자신에게로 돌아온다. 그리고 깨달은 자요 완성자의 면전에서 자신의 결정을 주장한다. 싯다르타가 부처를 추종하기를 거부하는 장면은 헤세의 전기와 그의 작품 전체에서 매우 중요한 '권위에 대한 항거'에 부합하는 것이다. 『싯다르타』에서 소설 전체를 지배하는 신중함을 방해하는 격정이 일시적으로 나타나는 장면이 있는데, 바로 소년 싯다르타가 아버지가 바라는 삶의 방식을 거부할 때다. "내가 당신처럼 경건하고 부드럽고 현명해지기를 바라는 거지! 하지만 잘 들어, 나는 당신을 괴롭혀줄 거야, 당신처럼 되느니 차라리 강도나 살인자가 되어 지옥에 떨어지겠어!" 싯다르타는 이 무거운 우환과 실패를 삶의 일부로 받아들이고 나서야 '완성'의 경지에 이른다. 직접적인 경험 없는 충만한 삶은 없다고 본 헤세는, 싯다르타에게 최후의 시험으로 제시되는 이 고유한 경험의 필연성을 무조건적으로 인정하면서 자기 자신의 글쓰기 경험("나는 내가 직접 체험하지 않고는 쓸 수 없다")을 일반적인 원리로까지 고양시켰다.

『싯다르타』와 동양사상

'인도의 시문학'이라는 부제가 보여주듯 『싯다르타』는 헤세의 인도에 대한 관심, 그리고 그의 인도 여행 체험과 깊은 관련이 있다.

헤세는 인도에서 선교 활동을 펼치며 인도 문화에 심취해온 특이한 가문의 자제였다. 게다가 헤세가 살았던 시대에는 인도와 중국의 주요 경전과 많은 문학작품이 이미 독일어로 번역되어 있었다. 그래서 소년 시절부터 외조부의 서가에서 『우파니샤드』 같은 힌두교 경전이나 불경의 번역판을 읽을 수 있었고, 아버지 요하네스 헤세와 노자의 『도덕경』에 대해 이야기를 나눌 정도로 동양 문화에 관심을 가졌다. 1907년부터는 인도문학을 쓰기 위해 독서를 통한 집중적인 인도 탐구에 나섰는데, 『우파니샤드』나 『바가바드기타』, 불교 경전들 외에 성(聖)의 고전이라고 할 수 있는 『카마수트라』에도 몰두했다. 이 책은 '카말라' 에피소드를 쓰는 데 중요한 자극을 준 것으로 보인다. 아울러 헤세는 인도 종교에 몰두해 직접 명상 요가를 행하기도 하고, 불교적인 자기 집중이나 생각을 비우는 명상, 무아 속으로의 침잠을 수행하기도 했다.

인도와 중국의 동양사상은 어쩌면 유년 시절 이후 부모의 경건주의 전통의 기독교에 반감을 품어온 그에게 일종의 정신적 보완재였을 가능성도 있다. 헤세는 마흔네 살이 되던 1911년 가을에 직접 인도 여행을 떠났다. 당시 그는 마리아 베르누이와의 불행한 결혼생활로 힘들어했고, 정신적, 종교적 영감을 얻고자 친구 한스 슈투르체네거와 9월부터 배를 타고 이동하며 삼 개월 동안 인도 여행에 나섰다. 이때 헤세가 정작 인도 내륙, 즉 싯다르타 작품의 공간적 배경에 이르지 못했고 기대했던 정신적, 종교적 영감도 얻지 못했다는 사실은 잘 알려져 있다. 그렇지만 그가 1922년 「인도에서 온 방문객」이라는 글에서 생애의 절반 이상을 인도와 중국 연구에 몰두했다고 고백했듯이 인도와 중국에 대한 헤세의 관심은 오랫동안 이어져왔고, 이것이 그의 문학에 상당한 영향을 주었음은 분명하다. 헤세가 『싯다르타』를 집필한 동기도 『우파니샤드』나 『바가바드기타』와 같은 인도 철학에 몰두함으로써 자신의 삶의 권태를 치유하기 위함이었다. 2부를 완성하기까지 그토록 오랜 시간이 걸린 이유는 싯다르타가 열망하는 초월적 통일의 상태를 스스로 체험하지 못했기 때문인데, 헤세는 이러한 체험을 얻기 위해 거의 은둔자적인 삶을 살면서 『우파니샤드』와 『바가바드기타』의 가르침에 완전히 몰두했다. 아울러 『싯다르타』의 1부를 완성한 이후에 헤세의 관심은 점차 중국의 종교와 철학으로 기울기도 했다. 특히 『논어』에 나오는 공자의 대화들 그리고 보편적 존재와 개인의 상관관계를 제시한 『도덕경』은 작품의 2부를 집필해나가는 데 많은 자극을 주었던 것으로 보인다. 헤세가 동양사상에 몰두한 데는 일본에 살면서 일본학을 연구하고 선불교 경전 『벽암록』 등을 독일어로 번역한 외사촌 빌헬름 군데르트의 영향도 컸던 듯하다.

이러한 흔적은 소설의 내용이나 형식적인 면에도 나타나 있다. 우선 내용, 즉 싯다르타의 인생 역정이라는 면에서 소설은 힌두교도의 전통적인 삶의 세 단계 '학습기' '가주기' '임서기'를 그리고 있다. 또 형식 면에서 헤세가 이 작품을 1부 4장, 2부 8장으로 나눈 것은 불교에서 말하는 네 개의 성스러운 진리를 의미하는 사성제四聖諦(고집멸도苦集滅道)와 팔정도八正道와 관련이 있어 보인다. 독자들은 『싯다르타』를 읽으면서 헤세가 파악한 인도의 정신세계에 접어들고, 힌두교와 불교와 사상을 어느 정도 통찰할 수 있을 것이다.

하지만 여러 종교적 영향이 어떻게 작품에 유입되었는지, 동양의 영성을 어떻게 기독교의 사상과 혼합했는지 하는 문제에 대해서는 보다 자세한 논의가 필요하다. 서구의 종교가 배타적인 유일신을 추구한다면 불교 등 동양의 종교들은 절충주의적 성향을 보이는데, 어쩌면 이런 부분이 서구 지성인에게 매력적으로 여겨졌을지도 모른다. 작가 자신은 조부모나 양친과는 달리 아시아 지역을 선교하겠다는 의도를 전혀 갖고 있지 않았다. 오히려 헤세는 자신을 '구도자' 내지 '추구자', 동양과 서양의 가교를 놓는 인물로 여겼다. 그는 여러 다양한 종교의 공통성을 추출해 이를 하나의 세계종교로 통합하고자 했다. 그는 1958년 한 독자에게 보낸 편지에 이렇게 썼다. "나는 모든 종파, 인간의 모든 경건성의 형태에서 공통적인 것, 모든 민족적 다양성을 넘어서는 것, 모든 인종과 모든 개인이 믿을 수 있는 것을 규명하고자 했습니다."

성장소설로서의 『싯다르타』

『싯다르타』는 평생에 걸쳐 자기완성을 추구하면서 내면의 발전과 정신적 성장을 구현한 싯다르타라는 인물의 일대기를 다룬다는 점에서 일종의 성장소설이다. '싯다르타'라는 이름은 실존 인물인 부처의 어릴 적 이름으로 '목적을 달성한 자'라는 뜻을 갖고 있다. 하지만 소설의 주인공 싯다르타는 부처와는 전혀 다른 인물이고, 부처는 고타마라는 이름으로 등장해 싯다르타에게 영향을 주는 인물로 설정되어 있다. 아울러 소설 속 싯다르타는 부처와는 달리 세속적인 삶으로 복귀하는 모습을 보인다. 헤세는 그를 세존 부처의 대칭점에 세워, 주어진 길을 따르는 것이 아니라 독자적인 길을 감으로써 구원과 완성에 이를 수 있음을 이야기한다.

소설은 1부와 2부로 나뉘어져 있는데, 1부는 싯다르타가 기존의 종교적 전통 및 관습과 벌이는 대결에 주목하고, 2부는 싯다르타의 독자적인 발전과 성장을 묘사하고 있다.

1부는 싯다르타가 친구 고빈다와 함께 구도의 길을 가기 위해 집을 떠나는 것으로 시작된다. 그는 모든 사람의 찬탄을 한몸에 받으면서도 스스로 안정을 찾을 수 없었고 정신이 갈망하는 바가 충족되지 않아 자신에게 만족할 수 없었다. 이는 싯다르타의 자기실현이 불교적 번뇌의 모티프, 쇼펜하우어적인 삶의 의지의 부정에서 시작됨을 말해준다. 싯다르타는 사문들한테서 단식하는 법과 호흡을 중단하는 법을 배우고, 명상과 참선을 수행하며 자아를 벗어나 무아의 경지에 이르는 법을 배운다. 그는 명상 속에서 죽어 동물과 식물, 무생물이 되었다가 환생하는 윤회를 체험하지만, 매번 윤회의 순환을 벗어나지 못하고 새로운 갈증을 느끼며 다시 고통스럽게 자기 자신으로 돌아온다는 것을 깨닫게 된다. 그는 자아가 아트만과 브라만과 하나가 되는 경험을 하지 못하고, 모든 침잠의 연습과 금욕이 다만 "자아로부터 도망치는 것" "고통과 삶의 무의미함에 대해 잠시 자신을 마비시키는 것"에 불과함을 깨닫는다.

그즈음 싯다르타와 고빈다는 모든 번뇌를 극복하고 윤회의 수레바퀴에서 벗어났다는 고타마에 관한 소문을 듣는다. 두 사람은 고타마의 설법을 듣고자 사문 생활을 청산하고 떠난다. 고빈다는 고타마의 설법을 듣고 그의 제자가 되어 불법에 귀의하기로 결심하지만, 싯다르타는 아무리 각성자라고 하더라도 깨달음의 순간에 체험한 것을 말이나 가르침을 통해 전할 수 없으며 '가르침'만으로는 해탈에 이를 수 없기에 스스로 해탈의 길을 찾아야 한다고 생각한다. 이는 싯다르타의 여정에서 새로운 시작을 의미한다.

싯다르타는 지금까지 자기 내부에서 핵심적인 것과 궁극적인 것을 찾아내고자 했음에도 불구하고 실제로는 스스로가 생소하고 낯선 존재임을 깨닫는다. 그리하여 그는 어떤 가르침도 거부하며 자신, 즉 싯다르타라는 비밀을 발견해나가고자 마음먹는다. 그는 "자기 자신이 아트만이며 브라만과 똑같은 영원한 본질에서 생겨났음"을 예감한다. 그러자 마치 미망에서 깨어난 자처럼 삼라만상이 새롭고 아름답고 신기하게 보이기 시작한다. 정신의 세계에 매여 있던 싯다르타가 감각을 통해 세상을 파악하게 된 것인데, 예전에는 가상적 존재라고 경멸했던 현상세계가 새로운 의미로 다가오고, 사물들의 배후가 아니라 바로 삼라만상 속에 사물의 목적과 본질이 있음을 깨닫는 것이다. 싯다르타의 자기실현은 이처럼 감각의 세계에 들어가면서 새로운 국면을 맞는다.

2부는 싯다르타의 독자적인 발전과 성장과정을 그리고 있다. 자기 자신 속에 있는 아트만, 우주의 영혼인 브라만과의 일치를 실현하는 과정으로, 아트만이 정신과 감각을 모두 포괄하는 것임을 배운다. 싯다르타는 자신이 알지 못하던 분야(사랑)의 기술에 정통한 카말라를 스승으로 삼아 새로운 삶을 시작한다. 또 카말라의 소개로 거상 카마스바미 밑에서 재산을 모은다. 자신이 지닌 '기다릴 줄 알고' '사색할 줄 알고' '단식할 줄 아는' 능력으로 새로운 삶을 경험해보는 것이다. 이러한 과정을 통해 그는 육체적 쾌락과 환멸, 부에 대한 욕구와 집착, 태만, 권태 등 범인들의 모든 감각을 오롯이 경험하지만, 내적인 불만은 더욱 가중된다. 사랑의 환희도 세속적인 부도 그의 궁극적인 목표가 아니기 때문이다.

수년의 세월이 흐르고 머리가 희끗희끗해지면서 싯다르타는 마지막 단계, 즉 자기실현을 완성해 해탈에 이르는 단계를 향해 나아간다. 강가에 선 싯다르타는 지금까지의 삶이 실패였음을 자각하고 깊은 절망감에 잠겨 자살하려고 한다. 그 순간 어릴 적에 들었던 '옴'이라는 말을 중얼거리게 되고, 이제껏 잊고 있던 생의 불멸성과 모든 신적인 것을 다시 느낀다. 피로에 지친 그는 단잠에 빠지고, 몇 시간 후 깨어나 다시 어린아이처럼 새로운 삶을 시작한다.

자기실현의 마지막 단계는 선과 악, 기쁨과 고통, 삶과 죽음과 같은 것이 분리되어 있지 않고 단일성을 지닌다는 것을, 우주와 자신을 하나로 보는 '범아일여'를 깨닫는 단계다. 뱃사공 바수데바는 싯다르타에게 모든 존재의 단일성, 전체성, 동시성을 대표하는 강에 귀를 기울이라고 가르친다. 한편 카말라는 임종이 다가온 부처를 찾아가던 중 독사에게 물려 바수데바의 오두막에서 숨을 거두고 만다. 그녀가 죽으면서 남겨진 아들은 싯다르타를 곤경에 빠뜨린다. 사치스럽고 방종한 생활에 젖어 있던 소년 싯다르타는 아버지를 심히 괴롭히다가 아버지로부터 도망친다. 아들을 잃고 부정父情의 고통에 상심한 싯다르타는 새롭게 사랑을 인식하고, 인간들의 온갖 죄악과 과실을 이해하고 사랑하는 경지로 나아간다. 싯다르타가 추구한 자기실현은 결국 사람과 일체의 존재에 대한 사랑으로 귀결된다.

다시 강가에 선 싯다르타는 영원한 흐름의 상징인 강물의 수천 가지 소리에 귀를 기울인다. 싯다르타는 강물에서 그의 삶 전체가 흘러가고, 그에게 소중한 모든 사람의 얼굴이 하나로 뒤섞이는 환상을 경험한다. 소설에서 강은 삶의 영원한 순환을 상징한다. 싯다르타는 어릴 적 강에서 목욕재계하는 법을 배웠고, 금욕의 세계에서 감각의 세계로 삶의 단계를 넘어가는 지점에서도 강을 만난다. 이어 강물은 세속적인 삶을 살다 절망하여 자살하려던 싯다르타를 다시 살아나게 한다. 강물은 무엇보다 초시간성과 동시성의 역설적인 현상을 보여준다. 싯다르타는 강물이 내는 수많은 소리를 들으며 점차 모든 삶이 하나임을 느끼고 그 소리가 완성을 의미하는 신성한 '옴'을 발하고 있음을 깨닫는다. 그는 운명과의 투쟁을 중단하면서 모든 애욕과 속박에서 벗어나고, 매 순간 단일성을 생각하고 느끼며, 바수데바와 똑같이 평온한 미소를 띠게 된다. 싯다르타가 이처럼 해탈의 경지에 이를 무렵 스승의 역할을 하던 바수데바는 친구와 작별을 고하고 세상을 떠나 숲으로 들어간다.

어느 날 고빈다가 싯다르타를 방문한다. 고빈다는 그와 대화를 나눈 후 작별하기 전에 친구의 이마에 키스를 하면서 기이한 경험을 하게 된다. 갑자기 수많은 신과 사람, 동물이 서로 마주하고 삶과 죽음이 서로 연결되어 있으며 그 모든 것이 싯다르타의 얼굴에 녹아 있음을 발견한 것이다. 그 순간 고빈다는 친구 싯다르타가 완성자만이 띠는 미소를 띠고 있으며 부처를 닮아 있음을 알고는 고개를 숙인다. 싯다르타의 인생행로는 정신의 세계에서 시작해 감각의 세계를 거쳤다가 강가에서 그 모든 것이 어우러짐을 발견하고 열반에 이르는 행로였던 것이다.

『싯다르타』는 헤세의 작품 중에서, 그리고 독일문학 작품 중에서도 매우 널리 읽히는 작품에 속한다. 독일에서만 수백만 부가 판매되었고, 여러 언어로 번역되어 세계의 독자들에게 소개되었다.

『싯다르타』는 고대 인도지역을 배경으로 하지만, 소설이 전해주는 메시지는 시간적, 공간적인 제약에 갇혀 있지 않다. 오히려 현대의 독자 역시 작품을 읽으면서 자신을 성찰하고 경험할 수 있으며, 한 개인이 특별한 존재라는 진실을, 그리고 대중이나 기성 종교, 사상에 대충 휩쓸려갈 것이 아니라 스스로 선택해서 자기 자신의 길을 가야 한다는 삶의 진리를 발견할 수 있다. 헤세가 삶의 위대한 스승은 아니다. 『싯다르타』 또한 독자들이 어떤 길을 가야 하는지 제시해주는 작품이 아니다. 그러나 작가가 자신의 체험을 인물 안에 잘 담아두었기에, 독자는 그들에게 공감하고 작품 안에서 정신적 친구, 영혼의 형제, 삶의 동행인을 발견할 수 있다. 이 점이 바로 헤세 문학의 매력이라 할 수 있으며, 그렇기에 인간의 문명이 존재하는 한 헤세의 작품은 영원히 사랑받을 것이다.

권혁준

1877년	7월 2일 뷔르템베르크의 소도시 칼프에서 출생. 아버지 요하네스 헤세는 발틱계 독일인으로 인도에서 선교사로 활동하다가 귀국한 뒤, 유명한 인도학자이기도 한 헤르만 군데르트의 기독교 서적 출판협회 일을 도움. 헤르만 군데르트의 딸 마리는 인도에서 태어나 선교사 출신 찰스 아이젠버그와 결혼했다가 사별하고, 32세에 요하네스 헤세와 재혼함.
1881년	아버지가 '바젤 선교단'의 교사로 가게 되어 가족이 스위스로 이주.
1883년	스위스 국적을 얻음(그전에는 러시아 국적을 갖고 있었음).
1886년	가족이 다시 고향 칼프로 돌아와 헤세는 김나지움에 다님.
1890년	뷔르템베르크에서 시행하는 주 시험 준비를 위해 괴핑겐의 라틴어 학교에 다님. 헤세는 시험 자격을 얻기 위해 스위스 국적을 포기함.
1891년	주 시험에 합격하여 마울브론 신학교에 입학. 칠 개월 후 "시인이 아니면 아무것도 되고 싶지 않아" 도망침.
1892년	4~5월에 크리스토프 블룸하르트 목사가 있는 바트볼에서 지냄. 6월에 자살기도. 6~8월에 슈테텐에서 신경쇠약 치료를 받음. 바트칸슈타트에서 김나지움에 다님.
1893년	사회민주주의자가 되어 술집을 돌아다님. 오로지 하이네만 읽으며 그를 똑같이 흉내냄. 에슬링겐에서 서점 수습생으로 일하다 사흘 만에 그만둠.
1894년	칼프의 페롯 시계공장에서 수습공으로 일함.

1895년	1898년까지 튀빙겐의 헤켄하우어 서점에서 수습생으로 일함.
1898년	첫 시집 『낭만적인 노래들』 출간.
1899년	소설 『고슴도치』 습작(원고는 아직 발견되지 않음). 산문집 『자정이 지난 뒤의 한 시간』 출간. 9월에 바젤로 이주. 라이히 서점에서 1901년 1월까지 서적 분류 수습생으로 일함.
1900년	스위스 일간지 〈알게마이네 슈바이처 차이퉁〉에 기고문과 서평을 쓰기 시작.
1901년	3~5월에 첫번째 이탈리아 여행. 『헤르만 라우셔의 유고와 시 모음』 출간.
1902년	어머니 마리 군데르트 사망. 『시집』 출간.
1903년	서점 일을 그만두고 5월에 마리아 베르누이와 약혼하여 함께 두번째 이탈리아 여행.
1904년	『페터 카멘친트』 출간. 이 소설로 문학적 성공을 거둠. 마리아 베르누이와 결혼하여 보덴 호숫가에 있는 가이엔호펜의 빈 농가로 이사. 전업작가가 되어 여러 신문과 잡지에서 공동편집인으로 활동하며 활발히 기고함. 전기 『보카치오』 『아시시의 프란체스코』 출간.
1905년	12월에 첫 아들 브루노 출생.
1906년	소설 『수레바퀴 아래서』 출간. 당시 독일 황제인 빌헬름 2세의 정부에 저항하는 잡지 『3월』의 공동발행인으로 1912년까지 활동.
1907년	가이엔호펜에 자신의 집을 지음. 단편집 『이편에서』 출간.
1908년	단편집 『이웃들』 출간.
1909년	3월에 둘째 아들 하이너 출생.
1910년	소설 『게르트루트』 출간.
1911년	7월에 셋째 아들 마르틴 출생. 시집 『도중에』 출간. 9~12월

에 화가 친구인 한스 슈투르체네거와 인도와 동남아 지역 여행.

1912년   단편집『돌아가는 길들』출간. 가족과 함께 독일을 떠나 스위스 베른으로 이사해 작고한 화가 친구 알베르트 벨티의 별장에 거주함. 로맹 롤랑과 교우.

1913년   여행기『인도에서』출간.

1914년   소설『로스할데』출간. 1차세계대전이 발발하여 자원입대하였으나 고도근시로 복무 부적격 판정을 받음.

1915년   베른의 독일포로후원센터에서 근무하며 전쟁포로들과 억류자들을 위해 정치논문, 경고호소문, 공개서한 등을 독일, 스위스, 오스트리아 신문과 잡지에 발표. 애국적인 전쟁문학을 공개적으로 비판하여 매국노라는 비난을 받음. 소설『크눌프』, 단편집『길에서』, 시집『고독한 자의 음악』, 단편집『청춘은 아름다워라』출간.

1916년   아버지 요하네스 헤세 사망. 루체른 근교 존마트에서 카를 구스타프 융의 제자 요제프 베른하르트 랑 박사에게 정신분석 치료를 받음.

1917년   시대비판적인 출판 활동을 중단하라는 권고를 받고 에밀 싱클레어라는 가명으로 신문과 잡지에 기고를 시작함.『데미안』집필. 아내의 정신분열 증세와 셋째 아들 마르틴의 질병으로 헤세도 신경쇠약 증세를 보임.

1919년   정치 팸플릿『차라투스트라의 귀환』을 익명으로 출간. 이듬해 베를린에서 실명으로 출간. 정신병원에 수용된 아내와 별거하고 자녀들을 친구들에게 보냄. 5월에 혼자 스위스 테신주 몬타뇰라로 이사해 1931년까지 거주. 체험담과 시 들을 모은『작은 정원』출간.『데미안』을 에밀 싱클레어라는 가명으로 출간하고 이 작품으로 폰타네상 수상.『동화집』출간.

잡지 『비보스 보코』 창간.

1920년   시화집 『화가의 시』, 도스토옙스키에 대한 에세이 『혼돈을 들여다봄』, 표현주의 단편집 『클링조어의 마지막 여름』, 시화집 『방랑』 출간. 다다이즘의 선구자 후고 발과 교유.

1921년   『시선집』 출간. 『싯다르타』를 집필하는 동안 창작의 위기를 겪음. 취리히 근처 퀴스나흐트에서 융에게 정신분석 치료를 받음. 화집 『테신에서 그린 11편의 수채화』 출간.

1922년   『싯다르타』 출간.

1923년   『싱클레어의 수첩』 출간. 취리히 근처 바덴의 요양소에 머묾. 첫 부인 마리아 베르누이와 이혼.

1924년   스위스 국적 재취득. 스위스 여성작가 리자 벵거의 딸인 스무 살 연하의 루트 벵거와 재혼.

1925년   『요양객』 출간.

1926년   『그림책』 출간. 프로이센의 예술아카데미 문학 분과에 외국인 회원으로 선출됨(1931년에 탈퇴).

1927년   『뉘른베르크 여행』 『황야의 이리』 출간. 헤세의 50회 생일을 맞이하여 후고 발이 첫 헤세 평전 출간. 루트 벵거와 이혼.

1928년   『관찰』 『위기. 일기 한 편』 출간.

1929년   시집 『밤의 위로』 『세계문학 도서관』 출간.

1930년   『나르치스와 골드문트』 출간.

1931년   화가 친구 한스 보드머가 지어준 몬타뇰라의 새집으로 이사. 미술사가인 니논 돌빈과 결혼. 『내면으로의 길』 출간.

1932년   『동방순례』 출간. 『유리알 유희』 집필 시작.

1933년   『작은 세계』 출간.

1934년   나치당의 문화정책을 효과적으로 막기 위해 스위스 작가연합 회원이 됨. 시선집 『생명의 나무』 출간.

1935년   『우화집』 출간.

1936년	『정원에서 보낸 시간』 출간.
1937년	『회고록』『신新시집』 출간.
1939년	헤세의 작품이 독일에서 불온서적으로 간주되어 『수레바퀴 아래서』『황야의 이리』『관찰』『나르치스와 골드문트』『세계 문학 도서관』이 더이상 인쇄되지 못함. 이 기간 동안 독일에 서 출간된 총 20권의 헤세 작품 중 겨우 481권의 문고본이 판매됨. 그래서 전집은 취리히에서 펴냄.
1942년	첫 시전집 『시집』 출간.
1943년	취리히에서 『유리알 유희』 출간.
1945년	미완성 소설 『베르톨트』, 단편과 동화 모음집 『꿈의 여행』 출간.
1946년	정치평론집 『전쟁과 평화』 출간. 이후 헤세의 작품이 독일 에서 다시 나오기 시작. 프랑크푸르트시가 수여하는 괴테상, 노벨문학상 수상.
1947년	베른대학에서 명예박사 학위를 받음. 고향 칼프시의 명예시 민이 됨.
1951년	『후기 산문』『서간집』 출간.
1952년	75회 생일 기념으로 선집 출간.
1954년	동화 『픽토어의 변신』『헤르만 헤세와 로맹 롤랑이 주고받 은 편지들』 출간.
1955년	후기 산문 『마법』 출간. 독일 서적협회가 수여하는 평화상 수상.
1956년	헤르만 헤세 문학상 제정.
1957년	헤세의 80회 생일을 맞이하여 『헤세 전집』 출간.
1962년	8월 9일 뇌출혈로 스위스 몬타놀라에서 사망.

문학동네 세계문학전집 발간에 부쳐

세계문학은 국민문학 혹은 지역문학을 떠나 존재하는 문학이 아니지만 그것들의 총합도 아니다. 세계문학이라는 용어에는 그 나름의 언어와 전통을 갖고 있는 국민문학이나 지역문학의 존재를 인정하면서 그것을 넘어서는 문학의 보편적 질서에 대한 관념이 새겨져 있다. 그 용어를 처음 고안한 19세기 유럽인들은 유럽문학을 중심으로 그 질서를 구축했지만 풍부한 국민문학의 전통을 가지고 있는 현대의 문학 강국들은 나름의 방식으로 세계문학을 이해하면서 정전(正典)의 목록을 작성하고 또 수정한다.

한국에서도 세계문학 관념은 우리 사회와 문화의 변화 속에서 거듭 수정돼왔다. 어느 시기에는 제국 일본의 교양주의를 반영한 세계문학 관념이, 어느 시기에는 제3세계 민족주의에 동조한 세계문학 관념이 출현했고, 그러한 관념을 실천한 전집물이 출판됐다. 21세기 한국에 새로운 세계문학전집이 필요하다는 것은 명백하다. 우리의 지성과 감성의 기준에 부합하는 세계문학을 다시 구상할 때가 되었다.

문학동네 세계문학전집은 범세계적으로 통용되는 고전에 대한 상식을 존중하면서도 지난 반세기 동안 해외 주요 언어권에서 창작과 연구의 진전에 따라 일어난 정전의 변동을 고려하여 편성되었다. 그래서 불멸의 명작은 물론 동시대 세계의 중요한 정치·문화적 실천에 영감을 준 새로운 작품들을 두루 포함시켰다.

창립 이후 지금까지 한국문학 및 번역문학 출판에서 가장 전문적이고 생산적인 그룹을 대표해온 문학동네가 그간 축적한 문학 출판 경험을 바탕으로 새로운 세계문학전집을 펴낸다. 인류가 무지와 몽매의 어둠 속을 방황하면서도 끝내 길을 잃지 않은 것은 세계문학사의 하늘에 떠 있는 빛나는 별들이 길잡이가 되어주었기 때문이다. 우리가 자부심과 사명감 속에서 그리게 될 이 새로운 별자리가 독자들의 관심과 애정에 힘입어 우리 모두의 뿌듯한 자산이 되기를 소망한다.

문학동네 세계문학전집 편집위원
민은경, 박유하, 변현태, 송병선, 이재룡, 홍길표, 남진우, 황종연

세계문학전집 173

싯다르타

1판 1쇄 2018년 12월 28일
1판 10쇄 2024년 6월 28일

지은이 헤르만 헤세 | 옮긴이 권혁준

책임편집 김수현 | 편집 박신양
디자인 최윤미 최미영 | 저작권 박지영 형소진 최은진 서연주 오서영
마케팅 정민호 서지화 한민아 이민경 안남영 왕지경 정경주 김수인 김혜원 김하연 김예진
브랜딩 함유지 함근아 고보미 박민재 김희숙 박다솔 조다현 정승민 배진성
제작 강신은 김동욱 이순호 | 제작처 영신사

펴낸곳 (주)문학동네 | 펴낸이 김소영
출판등록 1993년 10월 22일 제2003-000045호
주소 10881 경기도 파주시 회동길 210
전자우편 editor@munhak.com | 대표전화 031)955-8888 | 팩스 031)955-8855
문의전화 031)955-1927(마케팅), 031)955-3560(편집)
문학동네카페 http://cafe.naver.com/mhdn
인스타그램 @munhakdongne | 트위터 @munhakdongne
북클럽문학동네 http://bookclubmunhak.com

ISBN 978-89-546-5441-8 04850
      978-89-546-0901-2 (세트)

www.munhak.com

● 문학동네 세계문학전집은 계속 출간됩니다